Claire Castillon est l'auteur de plusieurs romans et recueils de nouvelles, parmi lesquels : *Insecte*, *Eux*, *Les Cris* ou *Les Merveilles*.

Claire Castillon

LES MESSIEURS

Éditions de l'Olivier

TEXTE INTÉGRAL

ISBN 978-2-7578-6629-0
(ISBN 978-2-8236-0491-7, 1re publication)

Riviera

J'avais mûri mon projet de longue date. Mais quand j'ai invité Jean-Paul à dîner, j'ai été surprise qu'il accepte avec autant de facilité. Il m'a seulement dit :

– Précisez-moi une chose… Vous vivez encore chez vos parents, n'est-ce pas ?

– Ils sont absents, ai-je répondu, m'effaçant pour laisser la place à Hervé et Colombe qui souhaitaient poser une question sur Auguste Comte à notre professeur de culture générale.

Au cours suivant, alors qu'il nous rendait des copies, Jean-Paul a murmuré :

– Vingt heures ?

D'un signe de tête, j'ai acquiescé. J'ai passé le cours à me poser la question du menu. Je ne voyais pas ce qui me plaisait chez lui, à part ses réflexions sévères toujours adressées aux autres, et sa façon douce de me suggérer de sortir de la classe quand une quinte de toux me tombait dessus. La dernière fois, il était allé me chercher un verre d'eau. Ne vous maquillez plus, m'avait-il dit, me croisant dans un couloir, vous avez un visage d'enfant, gardez-le.

Alexandre, témoin de cette réflexion avait aussitôt traité le professeur de pervers, me demandant si je voulais qu'il lui casse la figure. Je m'y étais opposée, assurant que ce professeur n'était pas un dragueur d'étudiantes. Tu parles, m'avait répondu Alexandre, avant de s'éloigner, mécontent que je refuse la sortie au cinéma qu'il me proposait depuis la rentrée. À trop rester avec des étudiants de mon âge, je risquais de ne jamais grandir. Et dans cette bulle où je me trouvais, portée vers le professeur, soucieuse qu'il me remarque, et détachée des autres dont je souhaitais qu'ils m'oublient, j'étais bien.

Fallait-il mettre de la musique quand on recevait un homme de cinquante ans chez soi ? Je possédais le quarante-cinq tours du « Premier Pas », une compilation d'Alain Barrière, « Mon pays c'est le soleil » de George Chakiris, « Père prodigue » de Georges Chelon et « Mon cœur d'attache », d'Enrico Macias. J'avais aussi plusieurs disques de Fréhel mais n'était-ce pas remonter trop loin dans l'histoire de France ? Quant à « Non ho l'età », je trouvais le message un peu lourd. Changer de disque en permanence allait être compliqué. Il valait mieux que je prévoie une cassette. J'ai donc enregistré les tubes à la suite, et terminé la sélection avec des slows italiens. J'ai ensuite étalé mes cours de prépa sur mon bureau. Puis je me suis attaquée à l'appartement. Je ne pouvais pas accueillir Jean-Paul dans un endroit truffé d'abat-jour. Tous plus laids les uns que les autres, les abat-jour chargés du mauvais goût de mes parents rendaient l'appartement vieillot. Je devais m'en débarrasser afin de ne pas embarrasser Jean-

Paul de l'idée de mes parents. J'ai donc déshabillé les lampes. Puis les tapis m'ont sauté aux yeux. Je les ai roulés sous le canapé. Et j'ai tiré les rideaux.

Dans ce décor parfait, ni trop jeune, ni trop vieux, et musicalement réussi, Jean-Paul tomberait amoureux de moi. C'était inévitable.

Il est arrivé à l'heure, avec des fleurs. Je les ai mises dans un saladier, évitant de sortir les vases tarabiscotés de ma mère. Il a regardé autour de lui. J'avais dû éteindre quelques lampes, car les ampoules privées d'abat-jour risquaient d'entamer nos rétines. D'ailleurs je voyais flou. Celle que j'avais regardée juste avant qu'il sonne, conjurant le sort et émettant des vœux, le démultipliait en plusieurs exemplaires. Au Jean-Paul de droite j'ai proposé un verre, à celui du milieu, un siège, et à celui de gauche, un cendrier.

Je m'étais peu maquillée, mais je n'avais pas réussi à ne rien mettre. Trop nue, j'avais peur de ressembler à une enfant et de le faire fuir. Physiquement, Jean-Paul ne me plaisait pas. Il était mince, mais mou. Sa peau, même celle de ses mains blanches, manquait de tonus. Quant à celle de son cou, elle semblait prête à fondre. Ses muscles fournissaient un dernier effort, condescendaient à un délai, mais menaçaient à tout moment de le lâcher. Son regard était profond, tendre et intelligent, mais un peu gris. J'évitais d'observer ses doigts courts, et ses dents. Il avait la bouche ronde, pas tout à fait en cul de poule mais pas tout à fait pas en cul de poule non plus. J'ai soudain eu peur de cet orifice dans lequel j'ai fourré des olives, des chips, et des tomates cerises, afin qu'il soit occupé à autre chose qu'à m'embrasser. S'il a la bouche pleine, il ne m'embrassera pas, me suis-je dit, alors que les effets de l'ampoule s'atténuaient et que les trois Jean-Paul n'en formaient plus qu'un.

J'avais vraiment envie de sortir avec mon professeur de culture générale. Et je souhaitais qu'il m'aime. Mes journées deviendraient moins ennuyeuses si j'avais quotidiennement rendez-vous avec lui durant ses cours. Un secret se poserait sur mes études et les rendrait un peu rigolotes. Le professeur d'histoire me plaisait aussi, mais la conquête à mener pour qu'il me remarque, compte tenu de mes mauvais résultats, me semblait démesurée. Quant au directeur, il était barbu et portait sous son front l'intelligence des normaliens, mais sur ses épaules, un régiment de pellicules. Alors il me restait Jean-Paul, dont la simplicité vestimentaire et la voix douce, mais pas trop, me semblaient les plus adaptées. Je ne connaissais pas sa vie mais certains élèves le disaient célibataire, vivant les volets clos et discutant avec Chateaubriand.

– Avez-vous un animal de compagnie ? lui ai-je demandé, priant le ciel pour qu'il ne me réponde pas la bouche pleine.

Il n'en avait pas. Il n'aimait pas ça. Il vivait seul, avec ses livres.

Je me suis levée pour mettre la cassette en route, mais quand les chansons ont commencé, j'ai senti que je n'avais pas été au plus près de sa psychologie. Comment avais-je pu ne pas penser à de la musique classique ? Alors qu'Enrico Macias n'en finissait pas de geindre sur le toit de sa maison, Jean-Paul me scrutait sans sourire. Nous avions terminé les olives, les tomates et les chips, c'était le moment de réaliser cette recette simple dont j'avais quand même préparé les ingrédients dans des petits bols protégés par du film, de peur de me tromper au moment de me lancer.

Il m'a suivie dans la cuisine.

– Vous avez vraiment un côté rétro, m'a-t-il dit alors que j'enfilais un tablier, non pour éviter de me tacher mais pour éveiller en lui un fantasme.

Si je n'avais pas tapé dans le mille avec mes musiques, je devais rattraper le coup avec mon tablier. Zut à la fin, il fallait qu'il m'aime, et je trouverais le moyen d'y parvenir. Et si j'avais l'air d'une enfant ? Qu'importe. Nous nous aimerions sous peu, et il m'emmènerait en vacances sur la Riviera. Nous ferions un bébé ou deux, je ne dérangerais rien de sa vie dans le noir, entourée de livres. Je laisserais la poussière recouvrir peu à peu ses yeux. Je serais là, près de lui, à le réchauffer jusqu'au dernier souffle. Je deviendrais son abat-jour. J'avais de plus en plus envie qu'il m'aime, et très envie aussi de lui servir des soupes.

Après le dîner, nous sommes allés dans ma chambre et Jean-Paul s'est assis sur mon lit. J'étais à mon bureau, et je l'ai regardé, émue. Il n'était pas un homme à femmes, il aimait, disait-il, la compagnie de ses étudiants, les soirs où il croulait sous les copies. Il avait accepté de venir ici par curiosité, pour tenter une seule fois de vivre comme un professeur de hautes études. Ils cédaient tous à la tentation, alors pourquoi pas lui. Il a tapé d'une main sur mon lit, comme il aurait appelé le chien qu'il n'avait pas. Je me suis approchée. Il a caressé ma joue, maladroitement, tristement. Quand il a approché sa bouche, j'ai senti un grand froid me recouvrir. Il a embrassé mes lèvres plusieurs fois de suite, celle du haut, celle du bas, et même celle du milieu qui n'existait pas, avec un léger bruit de bisou, chaque fois.

– Il vaut mieux que je parte.

J'ai essayé de le retenir pendant qu'il reculait. Et puis je l'ai laissé fuir, pensant à la détresse que je ressentirais dans quelques secondes, quand il aurait quitté la maison pour toujours.

– Il faut que je vous dise quelque chose, a dit Jean-Paul, me pressant l'épaule sur le palier, comme je l'avais vu faire à des étudiants démotivés après les concours blancs. Vous ressemblez à ma mère. C'est incroyable. Quand je vous regarde, c'est elle que je vois.

Le silence

Nous nous quittons malades. Le soir tombe et nous avons déjà dépassé l'heure du retour. Nous avons chacun à mentir, et le chemin jusque chez nous sert à élaborer la fable la plus apte à nous protéger. Les bus tombent en panne, les rails de métro brûlent, les portes de tramway se bloquent, le pain du boulanger n'est pas tout à fait cuit, il nous faut attendre qu'il lève, qu'il dore, que le boulanger trouve de la monnaie. Une amie d'enfance, et bavarde, apparaît soudain sur notre route. La peur du grand retard qui nous démasquerait nous accable. Nous racontons absolument tout ce qui nous passe par la tête.

Nous rentrons chez nous en manque, nos téléphones cachés contre nos cuisses. S'ils vibrent, nous savons que l'appel ne vient pas de nous puisque nous n'avons pas le droit de nous téléphoner à ce moment-là, mais nous aimons sursauter quand même, imaginer que nous bravons l'interdit, et nous accorder une respiration. Les longs couloirs sans l'autre, du vendredi au lundi, nous ravagent. Nous commençons la semaine déjà tendus à l'idée de revivre la séparation le week-end suivant. Le lundi nous épuise d'émotions, nous remplit de peine, l'un ayant toujours peur que l'autre se vante d'une fête réussie, samedi soir, d'une sieste lente, dimanche, avant de regretter sa faute. Nous aimons le mardi qui nous laisse encore deux jours de liberté avant le labyrinthe.

Je viens de donner naissance à mon troisième bébé. Les deux premiers n'étant âgés que de deux et quatre ans, je ne parviens toujours pas à les appeler des enfants. Quant à lui, sa fille de trente-cinq ans a deux filles, son fils de quarante ans, un garçon, et celui de vingt-neuf, un chat. Il me parle plutôt de lui. À sa manière, me racontant combien Gaëtan est immature, il nous rajeunit un peu et me donne l'impression d'une égalité que je ressens déjà, sauf quand j'imagine tout quitter pour lui.

Nous tardons à faire l'amour de peur de nous faire prendre. Nous subissons les yeux dans les murs, les oreilles dans les voitures, la honte sous les vêtements. Nous craignons qu'apparaissent dans notre chambre d'amour sa femme et mon mari, ensemble, main dans la main, les joues brûlées par le feu de la haine. Nous craignons qu'ils nous abolissent. Nous ne voulons pas leur faire de peine parce que nous sommes bien, chez nous. Même si nous sommes mieux, ensemble. Nous savons aussi que nous sommes mieux parce que nous ne sommes pas ensemble.

Je tiens à ce silence imposé dès le départ et qu'il rompt de temps à autre pour m'écrire des mots d'amour. Si tu m'écris encore, je t'interdis de me voir, l'ai-je un jour menacé, pour qu'il n'émette plus de preuves à charge. Nous avons le droit de nous parler au téléphone mais nos cerveaux enflent à force de mémoire, à force de souvenirs dont nous ne gardons nulle trace, excepté sur nos visages gravés de mélancolie. Nous partons en week-end en regardant le sol, comme des enfants injustement punis ruminant leur mensonge afin de n'en rien perdre.

Je demande le silence mais le temps passe et il ne parvient plus à le respecter. Il dit que les mots ne contiennent rien de mal avant de convenir qu'ils contiennent davantage que le lit que nous partageons en tremblant. Augurant le pire, nous profitons de nos instants ensemble avec l'impression que la mort est proche. Je garderai de toi, nous disons-nous souvent, cette promenade au musée, ce café au soleil, et je les referai, seul et à l'infini. Serons-nous ainsi flous à longueur de vie ?

Nous aimons inventer ce que nous ne ferons pas. Nous aimons nous offrir des cadeaux dans nos têtes. Nous regardons, émus, nos âges n'en faire plus qu'un. Nous ne comptons pas l'écart puisque nous ne comptons sur rien. Nous sauvons des minutes. Nous les réunissons dans une caisse au soleil, comme les petits chatons que j'ai fait cuire un jour où j'étais triste, des petits chatons trouvés que j'avais voulu réchauffer.

Monsieur Lunz

– Monsieur Lunz est un veinard, dit mon père en regardant mon short.

Il tire ma valise jusqu'au coffre du Berlingo qu'il a, au petit matin, garé à l'ombre des pins. Puis il approche la voiture de la porte de la maison pour que je n'abîme pas mes ballerines d'été dans la terre. Je ferme à clef, et donne un coup dans la vitre pour entendre le bruit que je préfère au monde, celui de la poignée qui tremble.

Mon père ressort de la voiture, et me demande :

– Ça va ?

– Très bien.

– Ma chemise ?

Il porte une chemise blanche boutonnée jusqu'en haut.

– Tu peux ouvrir un bouton si tu veux.

Avant d'entrer sur l'autoroute, mon père s'arrête pour faire le plein. Il ressort de la station-service avec un rocher au chocolat.

– C'est drôle, on en voit partout aujourd'hui, dis-je. Ils en vendent même en paquet.

Je le range dans ma poche.

– Il va fondre par cette canicule, fais attention, me dit mon père, exactement comme autrefois, quand il m'en tendait un à travers les barrières d'un club de plage.

La veille, je lui ai fait la leçon sur ses nombreuses mises en garde. Trop d'« Attention » ont nui à ma vie. Je ne sais pas glisser, ni courir, il m'a trop empêchée. Quand j'aurai des enfants, je ne leur demanderai pas à tout bout de champ de faire attention. Je les laisserai tomber, je les laisserai se blesser, je les laisserai prendre des coups de soleil, lui ai-je expliqué d'un ton docte.

– Avec tes enfants tu feras sûrement très bien, m'a-t-il répondu sans ironie.

– Et puis tous ces principes, merci monsieur, bonjour madame, s'il vous plaît mademoiselle, ras le bol tu vois, les temps ont changé.

Nous venons de passer quinze jours ensemble, à nous promener, à nous baigner, à manger des cerises et à regarder les étoiles, couchés la nuit sur la terrasse. Accepter de manger la bouchée au chocolat revient à en avoir entre les dents en arrivant là-bas, où Pierre m'attend, les globules en érection, m'a-t-il écrit ce matin même.

– Il est là-bas depuis longtemps, monsieur Lunz ? me demande mon père.

– Il est arrivé hier. Arrête de l'appeler monsieur Lunz. C'est bizarre. Tu ne l'appelleras pas monsieur, d'accord ? Ni madame ! dis-je pour alléger ma réflexion.

– Et là-bas, il est tout seul ?

– Bien sûr, avec qui veux-tu qu'il soit ! Juste ses amis. Enfin, ses meilleurs amis. Il me présente à ses meilleurs amis et moi…

– Toi ?

– J'espère leur plaire.

– Le contraire m'étonnerait.

Quelques secondes plus tard, j'ajoute :

– Il dit qu'il n'en peut plus.

– C'est-à-dire ?

– Il a hâte de me revoir. Je lui manque à mort.

Mon père met la radio, il imite les gestes d'un chef d'orchestre. Je ris beaucoup trop fort.

– Tu es toujours gaie. Les vacances avec toi sont un rêve. Il a quand même de la chance, Lunz.

– Appelle-le Pierre.

– Il a du pot… De s'appeler comme moi en plus !

– J'ai adoré la campagne, cette année…

– Tu seras mieux là-bas, par cette chaleur. Il y a sûrement une piscine. Le Luberon est une région chic. Il faudra qu'on en creuse une à la campagne un jour.

– Je n'aime pas les piscines. À la campagne, il y a le tuyau d'arrosage.

– Et il est professeur de quoi, déjà, Pierre ?

– D'économie.

– C'est bien. Il doit être fort.

– Oui.

– La retraite se prend assez tard pour les profs d'université. Et sa femme travaille, elle aussi ? Elle est prof ?

– Non. Comptable.

Nous arrivons et mon père gare la voiture. Il ouvre le coffre, attrape ma valise. Il se souvient de ma leçon de l'avant-veille sur les vrais hommes qui portent les valises sans les faire rouler. D'abord étonné, il m'a fait observer que les roulettes étaient quand même très bénéfiques pour le dos. Ce à quoi j'ai répondu :

– Peut-être, mais moi je ne sortirai jamais avec un homme qui fait rouler sa valise.

Le thermomètre dépasse quarante degrés et mon papa porte ma valise remplie de culottes et de livres. Droit, jamais voûté sous le poids du bagage, il remonte le chemin sans ciller, me montrant un tamaris, un pêcher puis un néflier. Il dépose doucement la valise devant la maison. Les hôtes viennent à notre rencontre. Ils ressemblent davantage à un frère et une sœur qu'à un couple. Pierre m'a raconté qu'ils sont ensemble depuis l'âge de seize ans.

– Pierre se baigne, me disent-ils, m'embrassant et conviant mon père à prendre un rafraîchissement.

Nous nous accoudons à une sorte de bar. Papa a eu chaud à cause de la valise. Pierre est dans la piscine, le soleil dans la figure, protégé par ses lunettes noires. Je pense à m'approcher de lui pour lui dire bonjour, mais je reste près de papa. Pierre sort de l'eau par le bord, sans emprunter l'échelle, comme s'il tournait une publicité pour un parfum. Il décontracte ses biceps le plus lentement possible. Il vient poser sa bouche contre la mienne.

– Salut chérie.

Je lui présente mon père, lequel le salue le plus naturellement du monde :

– Bonjour Pierre.

– Bonjour.

Pierre rit fort quand mon père constate que la piscine est magnifique. Puis il ajoute un mot sur le luxe de l'endroit. Son maillot mouillé lui colle au sexe. Je regarde papa pour qu'il ne détourne pas son regard de moi. Pierre ruisselle comme un vieux chien. J'ai envie qu'il se couvre. Fier de son torse, il me prend par la taille, et il mouille mon short.

Pour la deuxième fois, papa refuse un verre d'eau. Il sourit toujours aux hôtes qui recensent les avantages de leur maison. Il souhaite vite repartir afin d'être de retour à la campagne avant midi. Pierre n'a toujours pas enfilé de chemise ni retiré ses lunettes. Un de nos hôtes dit à mon père :

– En tout cas, vous êtes drôlement sympa de l'avoir déposée. Grâce à vous, Pierre a évité les embouteillages d'entrée en ville.

Je ramène mon père à la voiture. Sur le chemin, je lui montre le tamaris, le pêcher, le néflier, et il me dit :

– Profite bien de la piscine.

Puis il me tape sur l'épaule, comme toujours, pour me résumer le message – Je suis avec toi, bravo, je t'aime, fais attention, à bientôt, on a un paquet de souvenirs et on ne s'arrêtera pas là, à suivre, on s'appelle –, et je veux chasser de sa tête l'image de Pierre, torse nu. Je ne veux pas que papa parte avec cette idée de moi, alors en lui faisant au revoir par la vitre ouverte, je dis :

– J'aurais préféré rester avec toi à la campagne.

Papa démarre et Pierre arrive. Il me pose le bras sur l'épaule.

– Au revoir ! lance-t-il à papa, levant la main comme pour héler un serveur. Je te montre notre chambre, ma puce ? me dit Pierre alors que mon père peut encore l'entendre et lui rend son geste d'au revoir.

Son torse luit. On dit « Au revoir monsieur » !

Je cours vers la grille. Mais papa la referme déjà et m'adresse un petit signe en remontant dans la voiture.

Pierre est sous un arbre, il cueille une figue. Elle n'est pas assez mûre alors il fait la grimace. La figue est ouverte en deux, il en a retiré la peau, il suce sa chair à grand bruit, en continuant de faire la moue. Il me dit :

– Viens, ça fait quinze jours que je ne pense qu'à ton cul.

Il glisse la main dans la poche arrière de mon short et me palpe la fesse.

– Tu es à moi. Je suis tellement dur que je suis capable de te baiser à travers ton short, précise-t-il en crachant sa peau de figue sur le massif de lavande.

Notre chambre indépendante donne sur la piscine. Pierre tire le rideau. Nos discrets hôtes éclatent de rire avant de faire la bombe, chacun à un bout du bassin. Pierre retire son maillot d'une main, et baisse mon short de l'autre. Il me refait une démonstration de biceps, me soulevant contre le mur en pierre provençale, *d'époque*. Dans la poche de mon short encore accroché à ma cheville gauche, le rocher au chocolat a fondu, mais son papier l'a protégé. Je le mangerai tout à l'heure, pendant que Pierre retournera à la piscine et que je viderai ma valise, trouvant cachée dedans par papa une toute petite enveloppe contenant une vieille photo de moi sur un tricycle, nue, cheveux au vent, bras en l'air, descendant une pente abrupte en riant.

Dépose-minute

Marie est sortie avec Pavéo mais la vraie question est de savoir si Viviane est ressortie avec Antoine. Jeff n'est sorti avec personne et Mickaël, avec tout le monde. Même avec Marie, au feu d'artifice du 14 Juillet, pendant que Pavéo était parti racheter des bières.

– Enfin tu vois ce que je veux dire, conclut Marie, avant de demander à Christian quand il compte faire halte pour qu'elle puisse s'en griller une.

Christian n'a pas parlé depuis notre départ de La Rochelle. Marie nous a rejoints un peu en retard, en bas de notre hôtel, et nous avons aussitôt pris la route. Christian a rendez-vous dans sa maison en milieu d'après-midi, avec un maçon, et il est urgent de partir s'il veut arriver à l'heure.

– Je ferai le plein quand nécessaire, lui répond-il. Cette tournure est désuète. Et il prend un ton que je ne lui connais pas. Dur et froid, il me semble un tantinet rabat-joie mais je me dis que Marie n'entendra pas la nuance. Je pense que Christian est contrarié d'interrompre notre tête-à-tête amoureux et je comprends son agacement.

Je le regarde conduire. Il fixe la route sans tourner les yeux vers moi. Je sais qu'il n'apprécie pas les gens en retard, mais à ce point-là, je l'ignorais. Compte tenu de son âge, je suis contente qu'il n'essaye pas d'être décontracté. S'il était trop amical avec Marie, ou faussement enjoué, il m'énerverait. Je le trouve assez juste, et presque à sa place. Je lui pardonnerai certainement bien vite ce tout petit espace mort entre lui et moi.

– Et vous, c'était cool ? demande Marie.

– Très, lui dis-je, avant de lui détailler notre périple.

Nous avons quitté Paris dans cette grosse voiture lente et rouge, et nous nous sommes arrêtés dans plusieurs hôtels merveilleux. Je garde les détails pour plus tard, ne pouvant lui dire devant Christian que nous avons validé toute la grille. Je ne suis pas censée avoir parlé de notre grille à ma meilleure amie. Avant notre départ, Christian et moi avons en effet dressé la liste de ce que nous devions faire tous les deux durant cette semaine de voyage. Manger un banana split à Rochefort-en-Terre, faire l'amour dans un garage de particuliers après avoir bu du vin blanc, et d'autres projets amusants qui viennent rarement à l'idée des garçons de mon âge.

Marie bâille alors que j'évoque l'excellent restaurant de poissons dans lequel nous avons dîné la veille et la préparation très originale d'un entremets à base d'agrumes.

– Tu détestes les oranges ! s'exclame-t-elle. Nous, on a super mal mangé. Je vais me rattraper à La Baule ! On se fait les moules du Bateau ivre, ce soir ?

Je réponds oui, de plus en plus préoccupée par le silence de Christian.

Quand il s'arrête pour faire le plein, Marie descend fumer une cigarette. Ils remontent en voiture, et l'odeur de tabac est forte. Christian baisse sa vitre, et je pose la main sur sa cuisse. Je cherche ses yeux, afin de partager son désagrément en silence. Je veux communier avec lui, comme deux parents irrités par leur adolescente fofolle avachie sur la banquette arrière. Je veux qu'on soit de connivence, qu'on en rie, à la fin, un clin d'œil, un haussement d'épaules, quelque chose d'enjoué. Mais rien. Son grain de beauté enfle. Je me demande s'il ne s'agit pas plutôt d'un poireau. Le regarder de profil me place devant ses taches brunes. J'ai envie de le traiter de dalmatien et, juste après, je l'aime à nouveau, avec toute la détresse contenue dans l'amour qu'on porte à un vieux, malgré ses taches et ses bras mous. Ceux de Christian sont recouverts d'une chemise, taillée sur lui en Italie, et ce détail me partage. Très bien, la chemise de classe italienne, mais pas un peu trop chichiteuse, au fond ?

– Pardon les amis mais je vais dormir un peu, soupire Marie. Je me suis couchée à cinq heures. On a fait la fête chez Steph. Il a changé, il a perdu plein de cheveux, il te plairait, il ressemble à Thomas, en mieux. Il part en Turquie en Erasmus.

Je m'en veux de ne pas lui répondre. Je regarde Christian qui regarde la route. Je tourne le bouton de la radio pour mettre notre disque, mais rien ne se produit. Enfin si. Il n'y a plus de chemise, ni de tache, on devient étrangers, je le perds juste là, au-dessus du frein à main qui m'a tant meurtri les genoux ces derniers jours. Ramenant ma main à moi, espérant qu'il la prenne, je me concentre sur la vérité. Je suis heureuse de retrouver Marie, mais triste à l'idée de quitter Christian pour une semaine, et à nouveau heureuse de savoir qu'il viendra me rechercher à La Baule pour me conduire dans sa maison de campagne où nous passerons la fin des vacances. Il va lui-même y passer cette semaine à prévoir les travaux qu'il souhaite y entreprendre afin qu'il – afin que nous, m'a-t-il déclaré hier soir, y soyons bien. Mais juste après, sa main glisse vers le levier de vitesses et je vois son index attaqué par l'arthrose peiner à rejoindre ses autres doigts. J'ai envie de crier qu'il doit être gentil avec Marie, parce que moi, j'ai toujours été gentille avec son poireau, ses taches, et son doigt. Je lui ai déjà murmuré qu'il était musclé. En réponse, il a marqué un petit contentement déplacé que j'ai feint de ne pas percevoir afin de ne pas le gêner.

En arrivant à La Baule, Marie me demande :

– Tu crois qu'on aurait dû réserver ? On ne va jamais trouver d'endroit où dormir.

Je regarde Christian, espérant une réponse, lui qui connaît si bien l'hôtellerie. Mais Christian regarde la route. Je vois qu'il emprunte la direction de la gare. Il s'arrête au dépose-minute pour nous laisser descendre. Le vide est sous mes pieds. Si je saute dedans, on est morts. Je descends.

– Amusez-vous bien, me dit Christian, libérant Marie de la banquette arrière, pour qu'elle ne bascule pas le siège avec trop de brutalité comme elle l'a déjà fait à la station d'essence.

Elle saute comme un grand chiot, tandis que je contrôle ma descente de voiture, afin que Christian ne bute pas contre mes dix-neuf ans.

Christian m'embrasse à peine. Quand il démarre, je dis à Marie :

– Tu ne peux pas savoir la semaine que je viens de passer. Tu le trouves comment ?

– Il n'a pas trop parlé mais il a l'air chouette.

Nous cherchons un hôtel mais nous ne trouvons pas de chambre. Je téléphone à Christian – chose que je ne me suis jamais permise depuis deux mois que nous sommes ensemble – afin de lui demander de nous héberger pour la nuit. Je pense que, fou de joie, il nous donnera rendez-vous à la gare. Mais il me recommande de prendre le tramway et de descendre à la dix-neuvième station où il nous attendra, ce soir, à 20 heures.

Nous traînons nos valises jusqu'à la plage et nous décidons de nous baigner. Retrouver cette plage de notre jeunesse, toutes les deux enfin, sans parents pour nous surveiller, nous donne le fou rire. Je mange une glace, dis des mots grossiers en entrant dans l'eau et parle fort. Je crie soudain à l'eau froide :

– Espèce de conne !

Marie cesse de s'agiter et me regarde.

– Pourquoi tu pleures ? me demande-t-elle.

Je mets la tête sous l'eau et je remonte à la surface, sereine sous le soleil d'été. Christian m'attendra ce soir et il me confiera sûrement ce qui l'a chagriné durant le trajet.

Le tramway est déjà parti. Nous attendons le suivant au Café de la Gare, descendant une bouteille de cidre et rêvant aux moules du Bateau ivre que nous irons manger le lendemain, si l'hôtel qui nous a promis une chambre tient parole. Dans le tram, nous profitons des neuf premières stations pour nous changer. Nos valises grandes ouvertes, nous choisissons nos tenues, et retirons nos maillots mouillés en nous cachant dans nos serviettes. Nous rigolons tellement que nous prêtons peu attention au regard des voyageurs. La nuit commence à tomber quand le tramway annonce son terminus.

– On a déjà parcouru dix-neuf stations ? dis-je à Marie.

– Onze. On en est à onze.

Nous nous retrouvons à l'arrêt du tramway, guettant le suivant qui n'arrive pas. Il est 20 heures 30. Je cherche une cabine téléphonique et j'en vois une, au loin, dans le terrain vague bordant la cité dans laquelle nous avons été débarquées. Je tombe sur le répondeur de Christian, je laisse un message, renouant avec ma voix douce, pâle et presque muette, et raccroche dans un fou rire à cause de Marie qui course un chat tout maigre.

Quand un taxi nous dépose à la dix-neuvième station, la voiture rouge nous attend et Marie dit :

– On dirait vraiment une baignoire, sa bagnole.

J'éclate de rire mais quelque chose de sombre recouvre le rouge de la carrosserie. Christian est au volant, pile sous le nuage, et regarde la route. Marie monte à l'arrière, moi à l'avant. Elle s'excuse comme je l'ai déjà entendue le faire auprès de mes parents, quand ils nous attendent au pied d'un immeuble après une soirée que nous avons tardé à quitter.

– Désolée, Christian, on a raté le tramway et ensuite ils ont déplacé le terminus. On en a eu pour une blinde de taxi !

Dans un murmure, alors qu'il fait nuit noire dehors, je lâche :

– C'est très joli, ce coin.

Marie approuve, puis glousse.

C'est seulement en sortant un poulet du four que Christian desserre les dents. Il dit :

– J'avais préparé un poulet, il est desséché.

– Oh non, il a l'air délicieux, lui dis-je, en pensant Fous-le-toi au cul ton poulet.

– C'est quoi les étoiles dessus ? demande Marie.

– De l'anis étoilé, marmonne Christian.

Nous évitons de nous regarder de peur de nous poiler et tout me revient en rafale, la baignoire rouge, le chat maigre, et notre trouille dans la cité en attendant le taxi. Je dis à Christian que sa maison est superbe. Je ne sais plus si je parle pour faire rire Marie ou pour sortir un bruit de mon vide. Marie lève le nez de son assiette et regarde la cuisine étroite et mal peinte en jaune, dans laquelle nous sommes tous assis. Elle fourre vite dans sa bouche une étoile puis grimace.

Je regarde Christian qui suce son os de cuisse. Il

n'a pas débouché de vin. Vieux rat. Garde-le, ton millésimé. On s'en fout, demain on boira du cidre au Bateau ivre. Christian regarde dans le vide. Il me dit :

– Je te montre sa chambre ?

J'invite Marie à venir la découvrir avec nous. Le parfum de Christian dont je n'ai jamais osé lui demander la provenance, italienne sans nul doute, nous enveloppe et nous le suivons comme deux petits rats respectueux derrière une joueuse de pipeau. Christian tend à Marie une serviette de toilette, puis il pousse une porte menant vers un couloir et il nous laisse en plan.

Je m'assois sur le lit de Marie qui soupire :

– Il était immonde ce poulet ! J'ai cru mourir. Et bourré de coriandre en plus. Je vais vomir !

J'enfouis le nez dans ses draps pour pouvoir enfin rire.

– Il essaye des recettes, lui dis-je. Parfois il glisse dans ses poulets un petit pot Blédina à l'abricot. Je me demande quand même s'il ne me fait pas un peu la tête.

– Mais non, m'assure Marie. C'est moi qui l'encombre, ne t'inquiète pas, je ne bouge plus de ma chambrette. Toi, tu vas le retrouver, et demain, on se casse !

– Tu m'en veux ? Je l'aime, tu sais…

– Je sais. Je ne sais pas pourquoi, mais je le sais !

J'ai très envie de continuer de parler avec Marie mais je redescends à la cuisine pour débarrasser. J'ai vu que Christian avait rangé son assiette et laissé les nôtres. Je le rejoins dans sa chambre. Malgré la pénombre, je distingue un lit. Je me couche contre Christian qui me dit :

– Tu ne restes pas avec ta copine ?

Je veux l'embrasser et réparer à voix basse ce que la journée a abîmé, mais Christian se retourne. Je murmure :

– Dors… Je t'attendrai le 29 à 16 heures 12, au dépose-minute, si tu veux.

– Je dois écourter mes vacances, me répond Christian, je te ferai signe à la rentrée.

Opus 25, numéro 11

Je ne sais pas si sa mèche va continuer de faire le pont, ou se rabattre soudainement d'un seul côté. Je n'ai pas envie d'être surprise d'un coup sec. J'ai rencontré Toussaint dans le bureau où je suis stagiaire et nous n'avons pas encore fait l'amour. Il m'a dit :

– Dès que je vous ai vue, j'ai pensé : dessous, c'est les limbes, le pandémonium.

Les références, avec les vieux, ça date toujours d'avant l'époque de la télé. On ne peut pas rester longtemps indifférente à leur littérature. Alors bien sûr, ce n'est pas le même rythme. Mais ça vaut le voyage. Et puis concernant Toussaint, il serait plus juste de reconnaître que sa lenteur m'arrange, car sa mèche de cheveux rabattue m'effraie.

Je l'aime énormément, je compte même l'aimer passionnément, mais pourquoi tient-il à ce pont traversant son crâne de l'oreille droite à l'oreille gauche ? Où mène-t-il ? D'un bord à l'autre ? Toussaint doit rompre vraiment avec sa femme. Il est bien trop symbolique, ce pont. N'importe qui y verrait un signe d'indécision ou, pire, une planque. Que cache-t-il sous sa petite couverture de cerveau ? J'ai cherché des témoignages sur Internet. Les femmes fréquentant des chauves font état d'un surcroît d'hormones mâles mais ne parlent jamais des chauves qui ont une mèche rabattue. Elles refusent de voir. Il y en a pourtant partout. Mais je préférerais que mon chauve l'assume. Il n'est nulle part décrit, par exemple, le mouvement d'une mèche rabattue pendant l'amour. Or il est évident que la mèche bouge. Et un homme qui met tant de soin et si peu de talent à cacher sa calvitie a-t-il d'autres tabous ? Les femmes n'ont pas les mêmes interrogations que moi. La mienne est bien claire : je voudrais qu'on me dise si, en position horizontale, la mèche de Toussaint va découvrir sa calvitie ou pas. Je crains, dépassée par les événements, de me retrouver piégée. Son crâne chauve ne me dérange pas. La vision, en revanche, d'une mèche filasse sur un seul côté de sa tête me terrifie. Pendra-t-elle à droite ou à gauche ? Derrière quelle oreille ? Sur une joue ? S'il est sur moi, Toussaint pourra peut-être maintenir la tête assez droite pour que sa mèche ne bouge pas, mais s'il est en dessous, son crâne va frotter, et sa mèche se défaire. Si Toussaint se tenait debout derrière moi, ce serait le mieux. Oh ! bien sûr, je peux aussi décider de l'aimer sans faire l'amour, mais n'est-ce pas un peu dommage ?

Toussaint m'enveloppe de bienveillance, et malgré sa peur face à notre différence d'âge, il saute le pas et m'emmène à un match du PSG. J'essaye de voir si sa mèche ondule sous les courants d'air. Rien. Il a dû la scotcher. Peut-être qu'à force d'être ainsi positionnée, la mèche s'est enracinée des deux côtés. Je fais tomber mon ticket d'entrée et Toussaint le ramasse mais il plie les genoux. Il ne se penche pas en avant. Ceci fausse les résultats.

– Tu es mon *Étude* de Chopin, me dit Toussaint. Opus 25, numéro 11. Injouable ! ajoute-t-il, parce que je ne suis pas encore calée en musique classique.

Je sens bien qu'il se déclare mais j'ai envie de lui dire une seule chose : Rase ta mèche. Libère-toi. Brise tes chaînes.

Nous ferons forcément l'amour ce soir. Toussaint m'a demandé la permission de dormir chez moi après le match. Il fait croire à sa femme qu'il est à un colloque en province. J'ai prévu un petit déjeuner de charme, avec des oranges pressées, un quatre-quarts maison et des fruits rouges. Je compte lui faire la promesse d'une vie éblouissante. Si je parviens à être drôle tout le temps, à lui offrir une nuit époustouflante, respectant la douceur de son réveil, pressentant ses rituels, m'éclipsant avec discrétion, il quittera sa femme dès lundi. Le problème est sa mèche.

Le match n'en finit pas.

– Ça va, Opus 25, numéro 11 ? murmure Toussaint à mon oreille.

– Oui, dis-je, glissant ma main sur sa cuisse et constatant à regret qu'un drapeau du rang de derrière vient de percuter sa tête.

Dressée, sa mèche applaudit avec nous.

Nous rentrons en métro. Assis face à face, nous rivalisons de gestes tendres. Bousculée par le match, sa mèche a gagné du terrain vers l'avant. Nous dînons dans un restaurant italien. Après quoi nous marchons guillerettement. Toussaint sifflote. J'espère en secret qu'il rentre chez lui. J'ai trop peur de sa mèche. Mais non, Toussaint tient parole. Il est à un colloque à Clermont-Ferrand, et ne peut décemment pas retrouver sa femme à une heure et quart du matin. Quand nous arrivons chez moi, il tire sur la capuche de mon manteau :

– Viens par là, Opus 25, numéro 11. Injouable mais désirable.

Nous sommes sur le palier, et je m'arrange pour qu'il redescende trois marches afin de me situer au-dessus de lui. Je souffle pour rabattre la mèche. Elle m'obéit, un peu. Rebelle, me dis-je en fermant les yeux.

– C'est si bon, souffle Toussaint à son tour.

Je recommence. Je souffle et la minuterie s'éteint.

– Tu es magique, me dit-il.

Je respire. J'ai la solution : le noir. Toussaint rallume. Je dois à tout prix être mieux que sa femme, je dois, de toutes mes forces, être mieux que moi. Je dois à présent passer de la fille du palier à celle du lit conjugal.

Nous entrons dans l'appartement. « Allume », dit Toussaint chaque fois que je garde éteinte la lumière d'une pièce. Je le conduis jusqu'à mon lit. En pleine lumière, je découvre le corps de Toussaint. Allongé sur le dos, la mèche disparaît. Que devient-il ? Je recule. Je recule encore.

La peur, là-haut

– Si nous cessions de nous cacher, nous aurions la conscience tranquille, a-t-il conclu, hier, me quittant dépité. J'ai le droit d'avoir envie d'aller au cinéma avec vous. J'ai le droit d'avoir envie de me promener avec vous. On n'est pas des bourgeois de merde, merde. Et quand bien même je vous sauterais, où est le problème ? Le mensonge est moche. Les autres sont responsables. Pas nous.

C'est la rébellion mécanique. La révolte automatique. Le mec a son âge, et vit avec une femme qui ne le reconnaît bientôt plus, parce qu'il est hanté par une fille. En quelques jours, elle habite avec eux. Lui rit tout seul, il ne se rase plus, il fait la gueule. Sa femme constate qu'il est chiant. Il devient méchant avec elle. Il y a droit. On sait que non.

Je pense à toi avec l'estomac, voudrais-je lui dire de mon côté, l'appelant, si possible sans attendre. Mais nos possibilités sont limitées. Rien que pour entrer dans son bureau, il me faut trouver une excuse.

– Le jet d'encre ne jette plus, monsieur.

Il rit. Mais pas les autres. Ils m'ont une fois fait remarquer que monsieur ne doit pas être dérangé.

Ils ne savent pas qu'on court dehors comme des enfants. Ils ne se doutent pas que l'amour nous a pris d'un coup, à cause d'un bref voyage d'affaires et d'un long compte-rendu.

– Il y a quelque chose en vous qui m'obscure, qui me pourpre, me dit-il.

J'essaye d'être à la hauteur dans mes réponses. Folle contente qu'il me fréquente, je l'imite :

– Ne me gravez pas, je suis mouvante.

Quelquefois, ma chef me cherche.

– Elle est dans le bureau du patron, lui dit-on.

Nous deux, on a fermé la porte. Ma chef voudrait me houspiller mais quand elle le regarde, lui, elle sait que je ne l'ai pas dérangé. Alors elle se tait. Il la félicite pour mes comptes-rendus.

Toutes les trois heures, on file discrètement. On marche voûtés, on s'en veut, on prend un café, on se calme. Autour de nous, déjà, les regards ont changé. Gisèle a l'air d'une tombe mais je pense qu'elle a parlé. À lui, je ne veux rien dire, j'ai peur qu'il me laisse tomber, s'il savait que tout le monde est au courant. Pendant le voyage, on a lutté. Et le dernier soir, je me suis lancée sans aucune peur de me faire virer.

– Elle est bizarre, cette ombre, non ?

– Quelle ombre ? a-t-il d'abord répondu.

– Je vous pardonne, ai-je murmuré, je vous ferai un compte-rendu.

Nous avons pris l'avion, assis l'un derrière l'autre, aux places attribuées. Je sentais qu'il lisait sur mon dos. Je mettais mes côtes en violoncelle, je pensais émouvoir sa lecture. Je n'osais pas me lever, ni rôder dans l'allée. Ma chef, à ses côtés, évoquait le voyage, le futur, l'avenir.

– Et si on grossissait ? lui a-t-elle demandé.

Mais j'entendais très mal, ou alors j'inventais.

À côté de moi, Gisèle dormait devant le film. Quand sa tête m'a roulé sur l'épaule, j'ai tremblé. Ses cheveux sentaient la frite, elle avait mis du parfum au cas où son mec l'attendrait à l'arrivée, et elle sentait mauvais. Quand ma chef s'est levée pour marcher dans l'allée, il a glissé la main vers moi et sous mon pull. Elle s'est posée sur mon ventre. Je l'ai durci pour faire un mur. Un siège dans le dos, un mur dans le ventre. Ma chef a marché quelque temps pour agiter son sang. Avant de monter dans l'avion, elle nous avait donné un cours sur les chaussettes de contention. Et puis elle est revenue s'asseoir.

La main est ressortie. Ma chef était là, vaillante et réveillée, avec dans l'idée de ne pas piquer du nez. Prête à passer six heures de vol les yeux bien droits, le rouge à lèvres parfait, rien qui se relâche. Et nous, la bave au cœur, avec l'envie qu'elle dorme pour nous retrouver aux chiottes, nous envoyer en l'air, et leur dire merde à tous. Et si c'était nul ?

Je contemplais ma question préférée et je la trouvais belle ; elle volait dans le ciel avec moi, elle m'apaisait. Mieux valait rester assis là, séparés des yeux, du toucher, ne pas penser à s'approcher, inventer les mains sur le ventre.

À l'aéroport, nous nous sommes séparés, espérant que le monde disparaisse d'un coup sec et nous laisse. Mais non, nous nous sommes assemblés par paires et proximité de domicile. Il est monté dans un taxi sans se retourner. Il m'a envoyé un message que Gisèle a vu, lu, dans notre taxi commun, mais elle a aussitôt refermé les yeux, appuyé la tête contre la vitre.

Hier, nous avons rompu, avant de nous apercevoir de la difficulté d'interrompre quelque chose qui n'a pas exactement commencé. Mais monter dans une chambre serait très compliqué. Nous fusionnons sans corps, lui ai-je dit, sûre de moi. Il a momentanément approuvé. Il est patient et impatient. À un moment, je vais payer le respect. J'ai peur qu'il m'en veuille d'exister.

Je pense à toi avec les hanches, voudrais-je lui écrire, maintenant, si possible en plein soir, mais il rentre chez lui, je ne dois pas l'allumer, et j'attends le matin dans ma tête. Si je l'ai provoqué en dormant, je ne l'ai pas fait exprès. J'ai peur du regard de ma chef si sa femme savait. J'ai peur de tous les chefs du monde qui me catalogueraient salope. Je débute dans la vie active, je voudrais qu'on comprenne que c'est une question de pas de bol, l'amour pour le premier patron.

Je me sens libre et plus forte que lui. Seule chez moi, je veux rester ainsi. Si on faisait l'amour, je serais jalouse. Il vaut mieux qu'il la touche, elle, et continue de m'aimer, moi. Si ma mère sait que je suis ça, elle me traitera de chaud lapin, elle me l'a déjà dit une fois, mais l'homme n'était pas le mari d'une de ses amies. Là, elle me donnerait du bromure, elle trouverait le moyen de m'éteindre. On ne couche pas forcément partout ! Au bureau, il y a une règle : jamais ! Qu'est-ce que je vais dire à sa pauvre femme ? As-tu pensé à moi au moins ?

Je vais faire du mal à ma mère si je couche avec mon patron, alors je dois rester platonique.

Je pense à elles pendant qu'on ne baise pas. Ma mère, sa femme, qui se promènent. Prennent-elles le thé en parlant de moi ? Je pense à la chambre qui nous attend, et dans laquelle on ne monte pas, parce qu'on reste coincés devant, assis sur le banc, impuissants, sauf à reporter nos embrassades, à guetter le passant qui va nous trahir.

Il s'assoit au milieu du banc, je ne peux plus le fuir. Je me retrouve forcément collée, alors je regarde de l'autre côté. Avec les mots, je peux lui dire, je peux même lui faire imaginer ce qu'on va se faire, comme ce sera mal, comme on ne s'en remettra jamais. Mais le reste est encore pire. J'ai peur. De qui n'as-tu pas peur ? me demande l'hôtel où on ne monte pas. J'ai peur d'entendre des voix. Mais je n'ai pas peur de lui, parce qu'il ne me touche pas. Si on ne couche pas ensemble, nos balades vont finir par ressembler à celles que je fais avec mon père. Il y a des limites. J'aime mieux trahir sa femme que mon père, quand même.

Le démon de 18 heures 30

– Je pense que ta mère a raison. Il s'agit juste de lui montrer que nous existons. Il t'emmène en voyage, nous avons envie de le voir. C'est tout.

– Il ne m'emmène pas, dis-je à mon père. Nous partons. Et puis vous ne voulez pas le connaître, vous voulez vérifier à quoi il ressemble. Je vais avoir l'air débile.

– Merci pour nous, me répondent mes parents.

Vincent rit, avant d'accepter sans hésiter de rencontrer mes parents, m'expliquant combien cette situation lui semble normale et l'excite à la fois. Je m'excuse de ne plus être une enfant, j'ai quand même dix-huit ans, et Vincent m'assure qu'il respecte mes parents, mon enfance, et tout ce qui a forgé celle que je suis devenue. Devant tant de bonne volonté, je me sens soulagée. Je prends même beaucoup de plaisir à me préparer à sa venue, m'habillant comme une jeune fille, ou comme je me suis jusque-là imaginé une jeune fille présentant son fiancé à ses parents. Dans ces rêveries, je ressemble beaucoup à ma mère, je porte un chignon banane et un collier avec une perle. Et puis je souris, légère et lisse, montrant au garçon que mes parents sont formidables, prouvant à mes parents que le garçon est l'homme de ma vie et que nous formons une paire adéquate.

Dans la réalité, j'ai peur. Voulant à tout prix assurer à Vincent que tout ceci m'ennuie, je ris avec lui des tenues qu'il se propose d'adopter pour ce rendez-vous, du costume trois-pièces et montre gousset, au jean déchiré et blouson à pin's.

Ma mère insiste pour que Vincent lui confie son parapluie, et son ton sympathique pour le débarrasser de son *barda* m'horripile. Ainsi que le soin qu'elle prend à ranger sa cape hors du placard, de peur que l'odeur de cigarette ne gâche son vestiaire. Étrangement, Vincent a finalement choisi de s'habiller comme un vicaire, enroulé dans une cape noire. Il s'est aussi muni d'un parapluie-canne à manche de canard.

Nous nous asseyons côte à côte sur le canapé.

– Vous en avez un beau salon.

Ma mère ne bronche pas, mais elle pense que Vincent manque d'usage. Lui, pourtant si raffiné, me semble perturbé. Quand ma mère apporte l'assiette de macarons qu'elle a mûrement réfléchie, s'interrogeant sur un vrai gâteau maison mais trouvant que cette attention contient sans doute trop d'égards, il dit :

– Des macarons ! J'en mangerais jusqu'à en vomir tellement j'aime ça !

Je fixe le sourire de mon père. Il tente d'enterrer

la réflexion de Vincent dans ses fossettes, se pensant capable, Dieu à lui tout seul, de sortir n'importe quel outrage de la tête de n'importe qui.

Avant l'arrivée de Vincent et en réponse à une réflexion – j'avais mis en cause sa maniaquerie et le côté clinique du salon –, ma mère a nonchalamment jeté un magazine en travers de la table basse, afin de simuler un bazar, ce qui lui permet de rebondir quand Vincent répète :

– Quel joli salon.

– Oh vous trouvez ! Il y en a pourtant partout, plaisante-t-elle, soulevant le magazine et le lançant à nouveau.

Vincent a mal à une cheville. Il vient de tomber d'une échelle en s'escrimant à suspendre de nouveaux rideaux, les anciens ayant été arrachés par sa femme en furie. Elle se repose actuellement chez une amie en Normandie. Vincent m'a dit qu'elle ne reviendrait pas, mais quand je laisse mes affaires de toilette dans sa salle de bains, j'observe qu'il les ramasse et les range dans son bureau. Peu importe. Vincent est là, il rencontre mes parents, et je dois lui montrer que je suis sa petite femme amoureuse, si je ne veux pas que la sienne rapplique. Il demande où sont les toilettes et mon père lui indique le chemin. Il part en boitant.

Ma mère en profite :

– C'est pas le démon de midi, ton Vincent, c'est le démon de 18 heures 30 ! Tu devrais lui épiler les oreilles.

Je m'offusque, m'empourpre, et ma mère ajoute :

– Ne commence pas à monter sur tes grands chevaux ! J'épile les oreilles de ton père, et c'est quand même plus joli que ces longues touffes. Il en est très content. N'est-ce pas ?

Papa sourit.

Alors que je continue de lancer à ma mère le regard le plus noir recensé dans l'histoire des mères et des filles, Vincent revient en boitant davantage, et me sourit comme un jeune premier.

– Je peux voir ta chambre ? me demande-t-il.

– Coup de bol ! dit ma mère. Elle l'a rangée ce matin !

– Je serais vraiment heureux de la visiter, insiste Vincent en posant la main sur mon genou.

Mes parents détournent les yeux. Ils restent assis. Nous nous levons. Vincent leur fait signe de nous suivre. Après un refus gêné, ils cèdent. En cortège, nous allons visiter mon antre. Je ne me suis pas attardée quand Vincent m'a demandé de la lui décrire. Je sais que nous aurons toujours rendez-vous chez lui. Je ne m'occupe pas tellement de ma chambre. Je n'ai même pas encore pris soin de retirer de mon papier peint à nuages bleus et blancs les affiches de James Dean et de Montgomery Clift censées les cacher. Je ne me suis jamais non plus résolue à bazarder les images des héros de mon enfance, Albator, Calimero, Princesse Sarah… Sur un pêle-mêle de deux mètres sur un, que j'ai fabriqué, copiant sur Marie qui a réalisé le même avec des photos de chanteurs, j'ai produit cette œuvre d'art. Rattrapée par je ne sais quel pressentiment, j'ai tout de même caché ma collection de canards en porcelaine. Si elle représente à mes yeux un très beau souvenir, je la sais vraiment kitsch à d'autres yeux, et je n'ai pas envie que le sourcil ironique de Vincent puisse se poser sur elle. À vrai dire, je crains qu'une de ses mesquineries ne me déçoive, et je fais en sorte de ne pas le provoquer.

– Elle a toujours adoré les peluches, dit ma mère. Il faut la freiner ! Mais aujourd'hui, elle nous les offre.

– Et on dirait qu'elle aime bien les dessins animés, répond Vincent.

– Il y a eu Chantal Goya, aussi, dit papa, marchant sur des œufs. Tu te souviens de Bécassine ?

– Elle roulait sur son camion Fisher Price en chantant « Pipotin » ! complète maman.

Vincent, debout au milieu de ma chambre, ne parle plus. Nous retournons vers le salon et il fait halte aux toilettes.

– Surveille sa prostate ! me dit ma mère. Ce n'est pas normal d'aller aux toilettes aussi souvent.

Dans ma tête, je ne suis plus là. Je suis trahie par mes parents et par un homme qui, revenu des toilettes, se palpe le ventre en lâchant :

– J'ai abusé des macarons.

Je pense à mes petits canards, honte planquée au fond d'une cachette, et j'ai envie de les voir. Comme prévu, j'accompagne Vincent en week-end. Nous avons un train à prendre, et nous laissons chez moi des parents fous et souriants, tout de même inquiets pour une prostate. Je pars avec Vincent qui n'a su m'offrir que cette étrange comédie. Sa cape sur le dos, son parapluie canard à la main, il cesse de boiter et se met à rire tout seul.

– C'était super, me dit-il en arrivant à la gare. Vraiment super, répète-t-il dans le train.

Muette, je donne la main qu'il prend, et accepte de mêler mon sourire ironique au sien. Mais je ne comprends pas. J'ai un air de Chantal Goya dans la tête. Je pense à nouveau à mes canards et je serre au fond de ma poche une bouloche de laine.

– J'aime beaucoup « Pipotin », dit Vincent dans le taxi qui nous emmène à l'hôtel où nous allons passer la nuit. Ses grandes oreilles sont marrantes.

Old England

– Un *cumulus*-nimbus, déclare Edmond, me posant la main sur l'épaule.

Depuis quelque temps, je note des approximations. Lundi, il a développé un délire sur les bégonias. Je crois qu'il voulait parler de coquelicots. Notre mercredi le grise, parce que nous sortons même s'il pleut – il y tient –, et chaque coin de Paris lui rappelle un souvenir. Il me le confie aussitôt, et juste après, en cascade, tous ceux que ma présence ravive. Nous remontons invariablement aux années quarante, puis à la guerre. Le lundi, nous restons chez lui. Il m'attend avec de nouvelles photos qu'il feint d'avoir retrouvées par hasard. Le vendredi, nous déjeunons au restaurant où un plat lui rappelle toujours un autre plat et un dessert, une autre époque. Le week-end, nous poussons parfois jusqu'au parc de Saint-Cloud, et sa légèreté trahit tout le contraire. Il ressent une grande angoisse à l'idée de s'éloigner de chez lui. Une excitation démesurée, compte tenu de la modeste nature de notre projet, l'envahit. Il ne peut s'empêcher d'emporter quelques effets, une écharpe chaude, une bouteille d'eau, des biscuits, un plaid. Il balance le tout sur le siège arrière avec désinvolture, mais vérifie plusieurs fois durant le trajet que son paquetage est bien là. Une fois à Saint-Cloud, il pose des questions sur l'heure de retour, les embouteillages, comme si quelqu'un l'attendait. Si je m'agace, vite, il rit fort afin de ne pas me peser, puis il monte le son de la radio et bat le rythme en claquant des doigts. Son majeur heurte sa paume et son index raide reste en l'air comme celui d'un bébé montrant le ciel.

Son paquetage m'est devenu insupportable. C'est à moi de m'occuper du plaid où nous étendre et de l'appeler drap ou couverture si je préfère, mais depuis le début de notre longue histoire, Edmond s'est approprié cette tâche. Je n'ai jamais su lui dire que nous allions procéder autrement, et peut-être même nous asseoir enfin dans l'herbe. Son plaid *gold de chez Old England* me sort par les yeux, d'autant que j'en connais toutes les péripéties : il a servi à boucher une fenêtre après la tempête de 1982, quand les vitriers ont mis tant de temps à venir remplacer les carreaux de sa maison de Houdan, une bicoque très étroite sur trois étages, avec de ravissants escaliers en colimaçon, qu'il a dû se résoudre à vendre quand la paralysie de sa femme leur en a interdit l'accès. Et puis il y a surtout trop de *g*, dans *gold de chez old England*. Ses nouvelles dents soufflent les gutturales et je n'entends qu'elles. Quant à ses galettes bretonnes, je les sais là seulement pour pallier sa mauvaise haleine qui ne manque pas de s'inviter dès qu'il n'a pas mangé depuis quelques heures, et j'appréhende le moment où il évoque notre *petit goûter*. Cette heure n'a rien d'une fête. Sortir avec un vieux est une chose, imaginer son dernier souffle en est une autre. Supporter son haleine est épouvantable. Edmond a son problème de *mise en route*, terme qu'il chérit, avec pudeur, quand je l'embrasse le matin et qu'il s'excuse de la *lenteur de la machine* et évoque, croquant dans sa biscotte, la *nécessité d'un petit redémarrage*.

Assis sur un banc, au bois de Boulogne, nous regardons passer au bord du lac une famille de canards. Les canetons suivent leur mère mais l'un d'entre eux, atteint par un trouble neurologique, avance à reculons. Sa mère l'aide un moment, puis s'impatiente et ne s'occupe plus que des autres.

– Vu l'âge de ce caneton, à mon avis, il a une malformation de naissance, dit Edmond.

Je n'ai jamais vu de canard handicapé. Je lui réponds que je vais pleurer si on continue de regarder cette pauvre bête et Edmond me prend très au sérieux, alors nous nous levons. J'ai infiniment besoin qu'il me console comme une enfant. Il me faut ce minimum de coquetterie pour le tolérer encore. Je protège aussi l'idée de mon infériorité. J'aime penser que je suis avec lui par respect et que je me soumets à son autorité.

Trois jours par semaine, un jour par week-end et environ douze soirs par mois, nous avançons ainsi depuis vingt-neuf ans. Quand j'ai rencontré Edmond, il avait cinquante-huit ans. Les années ont passé vite, mais elles ont laissé des traces. D'abord, sa femme est morte. À son départ, elle m'a confié son mari, sûre que la jeune étudiante en thèse qui lui rendait souvent visite serait pour lui une bonne compagnie. Je l'ai croisée, chauve et voûtée, dans l'entrée de leur appartement. Elle s'est excusée pour sa tenue et m'a lancé, tel quel :

– Comme vous le savez, je suis sur le départ. Ne l'abandonnez pas une fois votre thèse achevée, car je crois qu'il vous apprécie beaucoup. Et surtout, préparez-lui de temps à autre des légumes. Il ne sait pas se nourrir.

Me refusant à la trahir deux fois, je me suis fait la promesse, debout à côté d'Edmond à l'enterrement de sa femme, de rester avec lui autant qu'il le souhaiterait. Je n'avais guère confiance en moi et j'étais certaine qu'il trouverait mieux. Les étudiantes en thèse ont continué de lui rendre visite. Chaque fois que j'ironisais, il me répondait :

– Il y a eu ma femme. Et puis il y a toi.

Je l'ai trompé une seule fois, alors qu'il était hospitalisé, et je m'en suis sentie si coupable que j'ai fini par le lui avouer. Il m'a pardonnée, trouvé mille excuses, et certifié que j'étais libre de lui être infidèle autant que je voulais. Selon lui, une femme de trente-deux ans, mon âge à l'époque, ne pouvait décemment se satisfaire d'un homme de soixante-neuf. Durant les années suivantes, j'ai eu à cœur de lui montrer qu'il me comblait parfaitement. Et il a su, habilement, mentionner de temps à autre mon aventure. Cette ombre sur notre amour fait de moi, alors que ma vie défile, ce que j'aurais rêvé être : une mangeuse d'hommes. Évoquant ma tromperie, Edmond me regarde encore avec les yeux sévères mais tolérants du professeur dont je suis jadis tombée follement amoureuse. Bien que studieuse et assez douée, j'ai aimé qu'il veille sur mon travail comme cette cane sur ses petits, et plus le temps a passé, plus j'ai tenu à devenir ce canard à reculons qui demande davantage de soin que les autres et patine sur la terre comme sur une piste de glace. J'ai tenté d'incarner, au moins à ses yeux, une femme sensible et déséquilibrée, une femme à reliefs. J'ai tout testé : la crise de nerfs, la fugue, l'angoisse. Et j'ai profité de ses réflexes paternels, de ses réactions rassurantes. Ainsi ai-je trouvé comment avoir besoin de lui. Il est vieux et je fais l'enfant.

En marchant vers la voiture, je ralentis, je respecte son rythme en lui faisant encore croire que c'est le mien. Nous rembobinons sa vie, j'aime quand il raconte des histoires dont il est le héros. Aujourd'hui, plus il rembobine, plus je l'appelle de tout mon être afin qu'il se taise et regarde à quoi ressemble la vie ridicule qu'il m'offre. Mais il parle et ne me voit pas. Il a eu raison de me refuser des enfants, j'ai gardé mes seins en très bon état, et je porte encore des salopettes qui me valent très souvent le surnom que je préfère, « ma petite fille ».

Je le dépose devant chez lui. Je rentre chez moi. Mercredi prochain, nous irons nous promener à la Butte aux Cailles. Je sais qu'il ne pourra s'empêcher de répéter : « Même s'il pleut, hein ? », reculant sous son porche pour s'abriter de la pluie, serrant contre lui son plaid gold de chez Old England.

En sortant de l'école

Tu n'es plus si jeune, m'a dit mon mari l'autre jour, sur le ton qu'il prend quand il ne peut plus me blairer. Je m'étais mise dans le même sac que ces jeunes filles victimes de vieux manipulateurs. Nous avions appris par Élise, sa nièce, qui nous avait appelés en larmes, que le chirurgien de cinquante-trois ans qu'elle prenait pour l'homme de sa vie était non seulement marié mais à une fille plus jeune qu'elle, et enceinte. Ma petite Élise, nous sommes des victimes, lui avais-je dit, nous croyons à ce que l'on nous raconte parce que nous ne pouvons pas imaginer qu'un homme amoureux soit assez monstrueux pour nous raconter des mensonges. Et on nous abîme. J'en veux aux hommes qui nous rendent laides, avares de confiance, narquoises, et sans illusions. Nous méritons mieux, nous leur donnons de l'oxygène, de la lumière, de l'attention, nous les aimons absolument, nous les désirons, ils n'en reviennent pas, et quand ils courent moins vite que nous, tu veux que je te dise ? Nous ralentissons.

Mon mari regardait par la fenêtre. J'avais peut-être mis trop d'énergie à geindre. Il trouve mes histoires passées abjectes. Parfois, il tombe sur un album de photos et il éclate de rire. Puis une fureur s'empare de lui :

– Franchement, je me demande ce que tu fous avec moi.

Je ne réponds pas. J'attends que sa colère retombe. En le rencontrant, j'ai cru que j'en avais fini avec les vieux. Mais l'autre soir, en allant chercher nos trois enfants à l'école, j'ai croisé un spécimen magnifique. Debout et de profil, accoudé au comptoir d'un bar moche, il incarnait trait pour trait le vieux typique de ma jeunesse, celui dont le regard s'aimantait forcément à moi. On pouvait être sûr que, si un vieil alcoolique traînait dans le secteur, il me revenait. Je ne pouvais pas résister. Fumeur de surcroît, ce vieux-là avait la mine grise de l'amant presque mort que j'avais aimé tant de fois, de toute mon âme, et dont je connaissais chaque mécanisme, les premiers mois de quasi-abstinence puis la rechute implacable. Préférant leur bouteille à ma personne, ils devenaient agressifs, sabotaient notre histoire et je les plaquais, infiniment triste, pour tomber généralement dans les bras d'un autre, aussi alcoolisé et aussi perdu.

J'ai consulté ma montre et pris soin de repasser le lendemain devant le même bar, exactement à la même heure. Il était là. Il m'a regardée. J'ai eu vingt ans à nouveau.

Je peux dessiner ce regard, je peux le tenir dans ma main, je peux même en faire un gâteau, je le connais comme si je l'avais inventé. C'est un regard qui balaye et s'arrête net. Il ne se contente pas de me regarder. Il entre en moi et il s'installe. Après, il ne me quitte plus. Je ne peux m'en débarrasser qu'en m'en approchant au plus près. À un moment, le grincement de mâchoires ou la pellicule un peu grasse sur l'œil de l'amant ivre prend plus de place que son regard installé en moi, et je le méprise de ne pas nous aimer mieux. Alors je le quitte.

Mes enfants m'ont demandé pourquoi j'empruntais un chemin différent de l'ordinaire pour rentrer chez nous. Je ne voulais pas qu'il me voie avec mes enfants. Non par sens du devoir, mais par peur qu'il me voie telle que je suis. Je voulais qu'il garde dans son œil la jeunesse adorée que mon mari m'avait récemment dérobée en une phrase. Je ne pensais plus qu'à cet œil qui m'avait regardée en sursautant.

Ainsi, chaque jour durant des semaines, je suis passée devant ce café et je l'ai vu. J'avais peur d'entrer. Je ne voulais pas qu'il arrête de se retourner. Un jour, il m'attendait en terrasse. Il n'a fait aucun geste vers moi et pourtant j'ai su qu'il m'attendait. Il a ouvert la porte du café. Je suis passée sous son bras pour entrer.

– Je vous promets que nous ne ferons pas l'amour ensemble, m'a-t-il dit, mais je veux vous voir. Laissez-moi user mes yeux sur vous. Je ne vous demande pas autre chose que votre présence. Ne parlez pas si vous n'en avez pas envie, restez assise et taisez-vous, ou bien riez. Je veux entendre votre cascade, je veux l'imaginer couler sur moi. Et je vous promets de ne jamais vous toucher. Alors dites-moi oui.

J'ai pensé à l'heure de la sortie d'école, à mes

trois petits alignés dans la cour, et puis très vite une surveillante a volé à mon secours et les a embarqués à la garderie. Si je ratais la sortie de 16 heures 30, je n'avais pas le droit de venir les chercher avant 18 heures 30 afin de ne pas déranger l'étude.

Durant une heure trente, le vieux m'a fixée. Pour mettre une trêve à son déshabillage, j'aurais pu me jeter sur lui, le serrer fort, et peut-être découvrir une odeur vraiment répugnante, cette discrète odeur d'urine propre aux buveurs de bière. Mais je suis restée là, à me laisser regarder, espérant que mon ironie bien entraînée me parle à l'oreille. Espérant qu'elle murmure les mots *grotesque* et *ridicule*. Mais j'avais vingt ans, et pas encore les mots méchants. J'étais retournée à l'époque où un signe était un présage, et une attention, une promesse.

Quand il s'est levé pour partir, il n'était pas encore 18 heures. J'ai tourné autour de l'école en attendant 18 heures 30. Je n'avais plus vingt ans mais cinq. Ma mère allait m'y déposer et je tournerais ainsi, comme un lion en cage, en attendant qu'un homme en forme d'église m'ouvre ses bras usés et me garde dedans. Je n'avais plus de mari. Juste un regard au fond de moi qui ne me quitterait pas.

Notes de frais

Durant de longues heures, Jean fume son barreau de chaise dans mon studio. Quand il me quitte pour rentrer chez lui, je mange des gâteaux en aérant la pièce. Puis je jette la demi-bouteille de vin ou de champagne qu'il a apportée, me demandant si sa petitesse est révélatrice de pingrerie ou d'une volonté de restriction. Dans les deux cas, je ne suis pas certaine d'aimer, mais comme j'aime Jean, je jette mes questions en même temps que sa bouteille.

L'autre jour, sa femme m'a répondu au téléphone et je suis tombée des nues. J'ai cru Jean quand il me disait rentrer chez lui le soir pour travailler la nuit. Je l'ai cru quand il m'expliquait que le week-end était un moment trop convenu pour nous voir, nous qui étions différents, bohèmes, et très atypiques.

Depuis, j'ai envie de le tuer. Mon amour pour lui a cédé en une soirée. Restée seule devant sa mignonnette que je me refuse à jeter, voulant la contempler encore après son départ, je souffre comme une enfant, l'imaginant dans leur appartement rempli de connivences, de passé et de destin, retrouver celle qu'il appelle Christine puisqu'il n'a plus à la garder secrète. Pour partir sur la Riviera, dont j'ignore où elle se trouve exactement, mais où il a envie de séjourner avec moi, et dont il répète le nom avec autant de délectation que moi « coquillettes au beurre », je revêts mon armure. Jean ne la remarque pas. Il croit sincèrement à mon accoutrement d'amoureuse, robe à fleurs, sac en raphia et chapeau de paille. Il pense qu'il a laissé Christine à Paris et que je l'ai oubliée. Au contraire, elle est avec moi, et je lui parle.

Assises sur la plage, nous regardons Jean se jeter dans l'eau. Il se retourne vers nous après une longueur de crawl. Il a l'air heureux.

– Je te promets que ça ne va pas durer, dis-je à Christine.

– Je le sais, me répond-elle.

Je l'incite à le rejoindre. Elle hésite à me laisser seule sur le sable.

– Vas-y, je t'en prie, lui dis-je, je m'en veux tellement.

Elle court vers l'eau et rit, un peu comme une gamine, mais c'est de bonne guerre. Je les regarde nager tous les deux, loin. Les cheveux de Jean se rabattent sur ses tempes comme des oreilles de basset. Christine pousse sur ses jambes pour allonger ses brasses et ne pas rester trop derrière lui. Je suis contente que Christine partage ce bain de mer avec son mari. Malgré son amertume, elle veut sûrement conclure leur histoire dans la délicatesse. Elle n'est pas comme moi, qui conclurais sous peu la nôtre dans la plus extrême brutalité. Je veux un règlement de comptes, je souhaite à Jean une crise cardiaque, ou une dépression.

Couchés sur le sable, nous profitons tous trois du soleil. Jean me demande de lui mettre de la crème sur le dos et je ne protège qu'une partie de sa peau, laissant des ronds sans crème afin qu'il ressemble le lendemain à une coccinelle. Christine me fait un clin d'œil.

– Assieds-toi sur mes fesses, me dit Jean. Tu seras plus à l'aise pour étaler.

Vieux cochon ! me dis-je, en regardant Christine.

Je reste sur le sable, ne voulant pas lui imposer la vision de qui que ce soit sur les fesses de son mari.

Puis je m'allonge au soleil, la tête tournée vers elle qui lit un magazine de point de croix. Jean pose la main sur moi et je réagis :

– Lâche mon cul !

Il rit, de ce rire de vieil idiot qu'il pousse à tout bout de champ, surtout dans les lieux publics. Le soleil lui fait l'œil glauque. Ses ongles épais desséchés par le bain de mer font comme des petites épluchures de mandarine. Depuis que je suis amie avec Christine, Jean est devenu épouvantable.

– Je ne sais vraiment pas ce que tu lui trouves, dis-je à Christine.

Christine s'est endormie, alors je me force ; j'embrasse Jean. Je dois à tout prix éviter de faire la tête, puisque je veux le tuer en plein vol. Je dois rester l'amoureuse parfaite et l'abandonner au plus haut de son amour pour moi. Nous rentrons à l'hôtel, après avoir déjeuné d'un demi-sandwich, d'un demi-dessert et d'un demi-demi.

– Tout passe en notes de frais, m'a expliqué Marie à qui j'ai demandé un diagnostic de sa pingrerie. Or il est censé se déplacer seul, donc vous partagez un seul menu. Réjouis-toi, il pourrait aussi te faire crever de faim !

Jean me laisse à l'hôtel le temps de rencontrer ses clients. Je me dépêche de descendre me taper la cloche avec Christine. Nous évoquons le réveillon.

– Et tu ne t'es pas doutée qu'il était marié, ce jour-là ? me demande-t-elle.

– Non. Selon lui, le réveillon était pour les cons.

– Il a tourné en rond comme un lion en cage. Mais je t'imaginais plus vieille, ajoute-t-elle.

Je pose la tête sur son épaule, et elle me caresse la joue. Jean nous rejoint, alors que nous lézardons sur un banc, devant l'hôtel. Il s'assoit à côté de moi en articulant :

– Alors, mon petit chat ?

Nous remontons dans la chambre. Faire l'amour relève de l'exploit, surtout avec une coccinelle.

– Force-toi, me dit Christine. Quand il te baise, il ne me baise pas. Tu me débarrasses de la corvée. Fais-le pour moi.

Par sympathie pour Christine, je remplis mon devoir. Assise sur une chaise, au pied du lit, elle s'endort, la tête en avant, et nous laisse à notre gaudriole. En boule sur sa chaise, elle ronfle doucement et me fait de la peine. Après l'amour, Jean me félicite. J'ai l'impression d'avoir réussi mon agrégation. Il célèbre notre exploit. Il s'endort et je déplace Christine de la chaise au lit. Elle se blottit en cuiller, dans le dos de son mari, et je les laisse à l'abri de leurs secrets d'alcôve. Je me ratatine au fond du lit, et je passe la nuit à éviter leurs pieds. Mais ceux de Jean, secs, rêches, épais et crevassés, me frôlent plusieurs fois.

Au matin, Jean me trouve dans cette position de bébé chaud emmêlé dans sa couette, et il s'exclame :

– Bonjour, petit chaton mouillé !

Il me tend un demi-croissant que j'avale avant qu'il m'en reprenne une moitié, et je me lève. Dès que je suis sous la douche, je l'entends se précipiter sur son portable pour téléphoner à sa femme. Il appelle Christine « Chris », lui rapporte le bon contact qu'il a eu la veille avec son client, et accepte de dîner samedi chez des amis.

– Mais il sera mort samedi, dis-je à Christine, assise sur les toilettes. Il sera mort puisque je l'aurai quitté, non ?

Jean doit être complètement gâteux. Il parle à une femme fantôme. Christine n'est pas au téléphone avec lui puisqu'elle est avec moi, bien là, droite sur la lunette des toilettes, trop raide à mon goût mais je n'ose pas l'ennuyer avec ça. Plus tard, je lui conseillerai de s'assouplir un peu. À partir d'un certain âge, si l'on n'est pas férue de sport, le yoga est sans conteste la solution. Le rire de Jean éclate encore. Je sors de la salle de bains, je vais lui dire ses quatre vérités, rassembler mes affaires et partir. Mais j'ai peur.

– Il va se consoler avec n'importe quelle fille de la plage, n'est-ce pas, Christine ? Je lui manquerai le temps qu'il change de chambre… Comment pourrais-je le tuer vraiment ?

Elle ne me répond pas. Quand je tourne la tête vers elle, elle n'est plus là. Et le rire de Jean retentit. À mon tour, je m'assois sur les toilettes.

– Il ne rit jamais avec moi, m'a confié Christine. Et si elle m'avait menti ?

Le chant du cygne

J'ignore ce qui l'a soudain décoincé, mais ce matin, Ulrich m'a proposé de passer le week-end avec lui, à la campagne. Le trajet s'est bien déroulé même si j'ai senti un fossé se creuser entre nous. Les hommes nés entre 1938 et 1954 peuvent me fréquenter en toute sécurité. Je comprends ce qu'ils racontent. J'ai les clefs. Sophia Loren, Kim Novak, Marlon Brando, Gary Cooper, James Stewart, Martine Carol, Gérard Philipe, Michèle Morgan, Pierre Fresnay, Gabin, Bourvil, Fernandel, Robert Taylor, Anthony Quinn, Brigitte Bardot, *Ivanhoé*, *Le train sifflera trois fois*, *À l'est d'Eden*, *Le Troisième Homme*, *To Be or Not to Be*, Humphrey Bogart, *Riz amer* et le short de Silvana Mangano, *Tirez sur le pianiste* et les seins de Michèle Mercier, Dean Martin et *Cluny Brown*, *La Grande Illusion*, *Picnic*, *Vertigo*, Trenet, Montand, Piaf, Sinatra, Bing Crosby, Tino Rossi, Jean Marais, *Le Bossu*, Gina Lollobrigida, *Fanfan la Tulipe*, *Hôtel du Nord*, Jouvet, Lily Pons, Ninon Vallin, *Marianne de ma jeunesse*, *Hiroshima mon amour*, Mado Robin, *Jeux interdits*, Grace Kelly, Sabrina, *Pain, amour et fantaisie*, *Tant qu'il y aura des hommes*. Ils n'ont pas à me former. Je sais. Mais devant un natif d'avant 1938, qui plus est allemand, je suis complètement paumée.

Or Ulrich est né en 27. Pile mon âge ! ai-je lâché quand j'ai vu sa carte d'identité sauter de sa poche au péage et atterrir sous mes yeux. D'un geste précis, leste, effaré, il l'a escamotée. Nous étions dans le pétrin. Surtout lui.

Dès notre arrivée à la campagne, je me suis demandé si l'oxygène l'enivrait. Il répétait à son chien « Avance, Hercule ! » alors que le quadrupède s'appelait Youyou. Et sa blague le faisait pouffer. J'avais ri la première fois pour être gentille, mais rire deux fois se serait apparenté à de la pitié.

Ulrich a allumé un feu pour que je sois *confortable*, puis il a enfilé des bottes et s'est éloigné dans le jardin. Quand je lui ai proposé de l'accompagner, il a insisté pour que je reste devant la cheminée, bien *confortable*. Tu radotes mon vieux, ai-je pensé. Il a grimpé sur un tracteur et sillonné la pelouse de long en large. Chaque fois qu'il passait dans l'axe de la fenêtre, il me faisait des appels de phares auxquels j'ai d'abord systématiquement répondu d'un geste de la main, puis à voix haute, confiant à Youyou :

– Ton maître est définitivement gâteux.

J'ai essayé de me remettre sur le droit chemin. Pas de moquerie ni de sabotage, j'étais là pour l'amour vrai, celui qui se fiche des convenances. Donner et être aimée. J'allais repartir sur de bonnes bases, mais Ulrich m'en a empêchée, attirant mon attention avec son klaxon. Son chant du cygne, ai-je aussitôt pensé.

Pourtant, j'apprécie vraiment Ulrich. La toute première fois qu'il m'a vue émue devant lui et que j'ai maladroitement tenté de l'embrasser, il m'a lancé :

– Je vous préviens. Il ne se passera rien entre nous. Mais vous aurez toujours une place.

Malgré le théâtre où il m'emmenait voir des pièces rigolotes *de mon âge*, sa mise en garde m'avait donné des ailes. Je lui avais démontré que j'étais assez grande pour savoir s'il était trop vieux. Je savais que l'amour durait le temps qu'on voulait lui donner. Je lui donnerais tout. Amante, s'il voulait, dame de compagnie s'il préférait, le mot qui lui convenait, ou femme évidemment.

– Taisez-vous, m'avait-il répondu.

Je m'étais insurgée :

– Je fais ce que je veux avec mes mots !

Ma réponse avait fait mouche, Ulrich m'avait aussitôt embrassée. Et j'avais été rassurée de voir qu'il ne m'embrassait pas différemment de mes autres amants. Il n'y avait donc aucune méthode propre aux vieux d'avant 1938 dont j'aurais tout ignoré. Les nouvelles technologies n'avaient pas fait évoluer les baisers.

– Je vous aime absolument, lui avais-je déclaré juste après, en lui prenant la main, parce que je ne me voyais quand même pas lui dire tu, mais il fallait lui dire quelque chose afin de le rassurer au sujet de ce qu'il regrettait sûrement déjà.

– Ne dis pas de bêtises, m'avait-il répondu.

Pendant qu'Ulrich déguisé en Playmobil tond la pelouse, assis sur son tracteur, je regarde l'âtre, *confortable* et obéissante, afin de ne surtout pas regarder le doberman qui ressemble à son maître, je l'ai immédiatement constaté. Le désastre défile sous mes yeux. J'ai été séduite par l'accent d'Ulrich et rassurée par ses baisers, mais nous allons dormir ensemble, et j'ai peur. En plus, dans la station-service, je l'ai vu commettre l'irréparable.

Ulrich descend de son tracteur et m'invite à m'asseoir avec lui sur un banc du jardin. Puis il éteint le coucher de soleil dans son bavardage sans lui laisser le temps d'exister. Il me parle d'un film allemand et je lui raconte, minaudant, que je n'ai gardé de mes cours qu'un seul mot, *Schwierigkeiten*, qui signifie difficulté, au pluriel. N'importe quel octogénaire, même sourd, recevant ma petite fadaise, se mettrait à durcir. Ulrich répond juste :

– L'allemand n'est pas une langue si compliquée.

De toute façon, j'ai aussi peur qu'il bande que de caresser son grand chien qui me sourit en se grattant.

Dire que je pourrais être avec Marie, assise sur le balcon de son studio, à fumer des pétards puis à descendre un saladier de cacahuètes et quatorze tablettes de Galak pour fêter son nouveau CDI. Mais je suis là, avec Ulrich qui épluche des légumes pour le potage. Il vient de répéter le mot deux fois, et puis il a dit « moelleux ». Je vais tremper ma cuiller dans un potage moelleux, avec, en tête, le drame de la station-service. Il faut que je trouve un moyen d'éviter au moins le potage. Je sens monter des larmes de classe de neige, épaisses comme de l'huile et lourdes comme deux skis. J'écoute pépère rembobiner sa vie, et je veux du Galak. Je quitte le banc et je pars voir les framboisiers.

– Reviens ! Il n'y a pas de framboises en janvier ! me crie-t-il.

Son chien aboie.

Ulrich sort son sifflet à ultrasons puis court vers moi, son épluche-légumes à la main, afin d'arriver avant le chien. Je ressens un petit frétillement intérieur. Ses doigts salis par le travail des champs, son couteau, son accent allemand, le fond d'un jardin, j'envisage un instant la possibilité d'un regain amoureux. Mais Youyou me saute dessus.

– Bien, Youyou, lui dit Ulrich, alors que le chien mord mon avant-bras sans le serrer.

– Pourquoi il fait ça ?

– Je le dresse, me répond Ulrich. Quand il me sent en danger, il saute.

– C'est moi le danger ?

– Avec Youyou, nous avons un code. Je lui adresse un signe et il attaque direct. Il mord quand je le lui dis. Je t'apprendrai. Ainsi, tu pourras rester seule ici avec lui.

Le chien reçoit un coup de botte parce qu'il continue de gronder, et Ulrich lui crie « *Schnell* » parce qu'il ne me lâche pas assez vite. Ne pouvant me blottir ni contre les ronces ni contre le chien, je choisis de me blottir contre Ulrich. Il sent le vieux. Viens, me dit-il, m'attrapant par le cou. Nous rentrons dans la maison et il m'embrasse contre une porte, avant de me dire :

– Attends, je mets vite les légumes, le potage cuira pendant ce temps-là.

Nous faisons l'amour le temps du potage. Ulrich me parle allemand. Je n'ai aucune idée de ce qu'il me raconte, ça n'a pas l'air salace, on dirait qu'il parle à quelqu'un, une gouvernante peut-être, une *Fräulein.* Il donne quelques ordres que j'interprète, m'autorisant une certaine latitude de traductrice. J'ai envie de rire. Il me dit que je suis douce. Je lui réponds *Nein.* Après, je tournicote les poils de son torse, afin de ressembler le plus possible à une femme amoureuse et comblée après l'amour. Mais je le sens perturbé par la cuisson. Je descends derrière lui à la cuisine. Les fesses à l'air, Ulrich déclare que le potage est prêt.

Ulrich pose un torchon sur un tabouret et, exactement comme j'ai vu faire dans un reportage sur les villages naturistes, il s'assoit, tout nu, à table. On est vendredi soir. Je suis perdue dans la campagne avec un millésime de 1927 qui ne m'offre rien à boire. Je suis désespérée. Mais chez moi le désespoir tient toujours la main à quelqu'un. Mon rire est mon meilleur ami. Je dois surtout ne rien oublier.

Alors que je guette fiévreusement le bruit d'aspiration dans la cuiller d'Ulrich, il lève les yeux et me parle en allemand. Puis il me sourit. Et il me tend la main par-dessus la table. Sur mon rond de serviette, est inscrit Youyou. Et j'essaye de ne pas rire, mais c'est compliqué. Je cherche un sujet pour pleurer, je pense à mon opération des dents de sagesse, à la mort de ma grand-mère, et surtout à ce que j'ai vu à la station-service. J'ai vu Ulrich défourailler quelque chose de sa poche. J'ai craint un pistolet, et au même moment j'ai été émue à l'idée qu'Ulrich soit un vieux gangster en quête pour moi d'un stock de Galak, mais ma vue s'est doucement adaptée à la réalité, et j'ai vu la vérité : Ulrich léchant ses doigts pour se plaquer une mèche de cheveux avant de passer dessus le peigne qu'il venait de dégainer.

Quatrième Segpa

Il paraît qu'il n'est pas encore question de me renvoyer. Mais je dois m'intéresser à autre chose. Ils me donnent une chance, ils me tendent une bouée. C'est leur façon de me torturer. L'instant tient, et l'instant d'après, on décidera de me faire couler. Comme le maître nageur avec sa grande tige. Ils sont tous là, à ne pas savoir quoi faire de leurs tiges, alors ils s'en servent d'autorité. On m'incite lentement, on m'irrite fermement, on me transpose comme on me veut, on me dispose. Être élève, c'est dégoûtant. Ils se mettent en groupe, ils me regardent. On dirait une bande dessinée. A priori, je suis un paquebot. J'avance, j'écrase les petits bateaux. Mais cette fois-ci, ils m'en veulent trop. Le principal a enfilé sa tête en biais, il a mangé de l'ail avant-hier, mais le reliquat qui s'interpose entre sa langue et ses mots pèse encore lourd dans son bureau. Elle pue, ta langue, ta gueule de loup, t'es pas une fleur, et même *mon* film dans ta bouche, c'est une ordure, et ça me fait mal quand tu le prononces. Tu ne dois plus te permettre de le dire. Tu ne dois pas prononcer mon film. Et tu le répètes en plus, sadique. *Titanic* est un chef-d'œuvre, soit, Séverine, c'est entendu.

Il continue, l'ail en micro.

– Séverine, il y a énormément de beaux films à voir. Je comprends qu'une jeune fille aime l'ambiance romantique de ce gros bateau musical ainsi que le suspense lié à la forte houle et aux énormes vagues, les soirées de gala, les cabines qui sont autant de jolies maisons de poupée et, bien sûr, la blondeur et le visage poupin de Leonardo DiCaprio, mais que dis-tu du *Monde de Narnia*, du *Voyage de Chihiro*, ou même de *La Petite Sirène* ?

J'éclate de rire mais il pointille avec son bic sur son bureau, et il met sa bouche en cul de poule pour calmer ma rigolade. Ça l'empire.

– Séverine, tous tes exposés portent sur le même film. Que l'on te demande, en cours d'anglais, de décrire la chambre de tes rêves, ton animal préféré doué de superpouvoirs ou la ville futuriste que tu aimerais créer, ta réponse est toujours la même : *Titanic*.

– Vous vous trompez.

– Non, Séverine. Tu as parlé de *Titanic* dans ton devoir d'éducation civique de lundi qui avait pour sujet l'identité.

– Vous faites erreur. Je n'aime pas la blondeur de Leonardo DiCaprio, ni son visage poupin. J'aime Victor Garber.

– Peu importe. Séverine, ne joue pas avec les mots.

Il veut dire, Ne joue pas avec ma grande tige. Son cerveau est comme une tête d'ail, avec des gousses tellement serrées qu'il n'y a plus de place pour la pensée.

– Pour votre information, Victor Garber joue le rôle de Thomas Andrews, l'architecte qui sait avant tout le monde que le *Titanic* va couler, puisque c'est lui qui l'a dessiné.

– Soit. Je t'entends, Séverine, me répond-il. Tu vis dans une réalité parfois décalée de la nôtre, mais je te demande de faire l'effort de redescendre de ton nuage. Leonardo DiCaprio, Victor Garber, c'est bonnet blanc et blanc bonnet. Je te rappelle qu'ici on n'est pas à Hollywood. Descends du *Titanic*. Agis comme une enfant de ton âge. Et rappelle-toi que les lolitas sont malvenues dans la cour.

Ils veulent que je cesse mon petit manège avec M. Planchet. Je n'amuse personne, à commencer par lui. Plutôt qu'aimer mon prof de géo, je devrais collectionner les parfums, mettre du feutre sur mon sac à dos, danser dans ma chambre, faire la gueule à mes parents, et me comporter en enfant soumise avec mes supérieurs. Avec M. Planchet, je veux bien. Soumise, la tête basse et les fesses très très haut.

Je vis entre Bourget-en-Huile et La Chapelle-du-Mont-du-Chat. Et je sais que Saint-Offenge-Dessous est très éloigné de Hollywood. Mes chances de rencontrer Victor Garber sont assez modérées. Ils croient peut-être, avec leurs longues tiges, que je suis pavée d'illusions comme les diamants des femmes, le soir, sur le bateau désespéré. Ils ne remarquent aucun de mes efforts. Depuis la sixième, j'en fais pourtant.

Je pense à mon avenir, alors j'ai décidé d'aimer, à parts égales, cinquante-cinquante, Victor Garber et M. Planchet. Et on me le reproche ! Tous deux ont en commun leur raie à gauche, et les petits carnets sur lesquels ils sont penchés. Ils notent. Ils inscrivent. Des mots pour moi, peut-être. J'ai su étendre mon rêve à mon village. La passion se trouve là où je le décide. Et qui sait si M. Planchet ne m'emmènera pas un jour en voyage à Hollywood ? Les habitants de Saint-Offenge-Dessous ont le droit de partir en vacances, eux aussi.

Ils sont là, bleus de mort, ils s'offusquent. Je suis une enfant et je dois le rester, me balance M. Planchet, comme des seaux d'eau froide, en me rendant mes lettres, une par une, soir après soir, refusant même d'en ouvrir certaines. Moi, je m'en fiche, j'écope mais je reste fidèle, debout devant lui, les bras dans le dos, le buste cambré. L'eau monte, le plafond descend, M. Planchet croit qu'il nage, et puis il y a moi, bientôt devant lui, inévitable, complètement distinguée. À un moment, il sera obligé de me tomber dessus. Au collège, on voudrait que je devienne un numéro, une étiquetée, mais moi, je flaire le danger, et je ne compte pas finir noyée. Je veux plaire pour moi-même et obtenir ce que je souhaite.

J'appelle sa femme, le soir. Elle décroche en pleurant.

– Madame Planchet ? je lui dis. J'aime votre mari !

Elle raccroche de travers, j'entends ce qu'ils se

disent, après. Elle veut la vérité, et lui se met en colère.

– Pour qui me prends-tu ?

– Pour un mec, Yves, gémit-elle.

Je fous la pagaille, j'adore. Rien ne va plus entre M. et Mme Planchet, elle-même professeur de musique au collège. Elle me demande de lâcher son mari, et je m'en plains aussitôt auprès de M. Planchet. Il prend garde à ne pas me toucher en me consolant, mais il se noie, et ses mots sortent de lui, aussi gros que des poissons de ses orbites. Je le traduis. Il me veut, il promet. Il dit :

– Séverine, je te promets que tu rencontreras l'amour, *un jour*.

J'ai hâte d'avoir Mme Planchet comme prof de musique et de lui casser les oreilles avec une flûte à bec. Comme quoi je suis mignonne quelquefois. J'ai des réflexes d'enfant taquine. En attendant, je continue d'écrire des mots quotidiens à M. Planchet, je lui raconte mes rêves de la nuit précédente. Il y a des fontaines, l'électricité claque. Il y a des lustres à pampilles doubles et des cris. M. Planchet a fait un rapport au proviseur, exigeant que je sois reçue par la conseillère psychologique qui a conclu, rigolant avec lui dans la salle des profs : complètement obsédée sexuelle, la petite.

On me l'a reproché en cinquième, puis en quatrième Segpa, mais ma mère, heureusement, est venue à ma rescousse. Le principal l'a convoquée. Et elle est arrivée comme une grosse tige avec le maquillage des grands jours et un tailleur strict pour me couvrir. Elle avait quand même l'air de sortir de la cale. Elle a rassuré le chef d'établissement. Elle a dit avec le même ton que celui qu'elle prend pour être chic dès qu'elle se retrouve devant de longues tiges :

– Yves par-ci, Yves par-là, Séverine n'a vraiment que lui à la bouche !

En une phrase, elle a saboté toute sa bonne volonté. Avant, je détestais qu'elle se pose, avec son derrière en gousse d'ail. Maintenant, elle m'amuse, même si je refuse qu'elle soit mon ombre. C'est ça les bonnes mères, me dit-elle. Je m'applique à ne pas lui ressembler mais quelquefois je lui ressemble de force. Elle a aimé des vieux, avant, elle me comprend. Mais faut pas le dire au principal ! *Monsieur Principal*, comme elle dit. Elle croit que c'est son nom de famille, et moi je lui cache que ce n'est pas ça, j'aime bien quand elle est ridicule et que ça me tord le ventre en passant. Elle coupe ses phrases, elle met des points. En s'entraînant dans la cuisine, elle a senti que c'était pas bon, sa façon de faire des logorrhées, alors elle m'a dit : « Je vais faire bref, parler comme un robot, faut pas les effrayer. » Elle commence :

– Je suis au courant des sentiments de Séverine. Je la comprends parfaitement. Il m'est arrivé la même chose à douze ans. Avec un homme marié. D'âge mûr. Séverine est romantique. Elle n'a pas de mauvaises intentions.

Soudain, elle ne peut s'empêcher de redevenir elle-même. Et le principal pointille du bic, mais sans bruit, pas comme avec moi, il respecte mieux ma mère que moi, il ne la recouvre pas de son bruit.

Et voilà qu'elle dérobotise. Je sais déjà, bien avant tout le monde, qu'elle va couler.

– Et puis quoi, monsieur Principal ! C'est toujours mieux qu'un dépucelage à la va-vite avec un imbécile de son âge qui va lui coller des microbes ! Voyez comme les jeunes se promènent avec leurs pantalons qui pendent. Leur dégaine n'augure rien de bon quant à leur hygiène. M. Planchet s'habille ringard mais il plaît à ma fille. Il ne faut pas s'inquiéter. En plus, je suis tout à fait d'accord pour une relation sérieuse entre Séverine et M. Planchet.

Les grandes tiges la regardent avant de s'abattre. Dans ses yeux, la mer monte. Ma mère va retourner dans sa cale avec ses rêves de grands galas. Elle me regarde, elle trouve qu'on se ressemble. On est seules, on flotte, elle a des bagues aux doigts. Quelquefois, elle m'en prête pour sortir et je les cache dans ma poche tellement elles sont moches. Elle regarde celle de son annulaire, énorme comme un bouchon de carafe. Elle voudrait se voir dedans mais on ne voit pas des gens comme nous dans les diamants. Elle me tend la main pour sortir mais je refuse de la prendre, je suis trop grande.

Le principal nous regarde partir. Je pense que c'est grillé pour la suite.

Les requins bleus

Corse en pendentif, santiags bleues et Mazda blanche à toit ouvrant, à midi, Jean-Lou, lunettes noires, classe absolue, m'attendra devant le collège. Il se garera devant la porte, et mes amies seront éberluées. J'ai rencontré Jean-Lou dans un bar, lundi soir, profitant de l'absence de mes parents pour sortir. Il portait un tee-shirt avec un hot-dog dessiné dans le dos. Il m'a emmenée boire un verre dans une boîte de Pont d'Orly où des filles nous ont offert un combat de catch dans de la sangria. Je me suis sentie dans un film, en culotte sur le capot de sa voiture. Très prévenant, Jean-Lou m'a laissé mes chaussures afin que je ne me blesse pas. Quand des hommes sont passés sur le parking, Jean-Lou m'a cachée dans ses bras. Je n'ai jamais rencontré un homme aussi rassurant que Jean-Lou. Il porte des marcels, des tatouages, il a un poing américain dans sa boîte à gants. Il s'est fait lui-même. Il m'a offert un grand lapin en peluche.

Mes parents rentrent dimanche. Je leur dirai que je suis déjà enceinte. Je veux les habituer à l'idée.

T'es une ovuleuse, m'a dit Jean-Lou, tu vas me faire des enfants de toutes les couleurs.

De toutes les couleurs, je ne sais pas, en tout cas je vais lui en faire. Sur lui, c'est pas vulgaire, ai-je dit à Marie, qui s'inquiétait à cause des santiags bleues, et qui a cru que je parlais des enfants.

– Tu es sûre ?

– Requin bleu, zéro défaut.

Je savais très bien qu'à l'annonce de mon grand amour ma mère me dirait :

– Tu as quand même été élevée chez les Ursulines, ne l'oublie pas.

Mais je savais déjà que je lui répondrais de ne pas juger ainsi les gens sur leur mine.

Quand je suis sortie de l'école, j'ai entendu Jean-Lou crier mon nom.

– Chérie !

J'ai tourné les yeux vers les autres avant de les tourner vers lui. Une fille de seconde l'avait vu et me regardait. Un coude sur le capot, un pied sur la portière, il m'a attrapée par le cou et il m'a roulé une grosse pelle. Le lundi suivant, Marie m'a dit que ce n'était pas une pelle mais un truc horrible, voire excessif : on a même vu un de tes nichons.

Je n'aime pas quand elle est rabat-joie. Mais au moment de la sortie, elle avait beau penser du mal, elle n'a pas pu résister à être ma meilleure amie et s'est approchée de lui.

Jean-Lou lui a proposé de la ramener chez elle, alors elle est montée avec nous dans la voiture. Elle a regardé autour, pour voir si les autres nous regardaient. Quand Jean-Lou a démarré, elle ne savait pas trop comment lui parler. Elle a dit :

– À huit ans, elle adorait déjà les vieux !

Puis elle a posé une main devant sa bouche en signe de contrition. Mais elle n'a pu s'empêcher de préciser. Huit ou neuf.

– Quel âge avait-on au stage de tennis ? m'a-t-elle demandé.

– Sept, ai-je répondu.

Voyant que je ne me fâchais pas, elle a poursuivi :

– Elle défaisait ses lacets de tennis pour que le prof s'agenouille et les lui refasse !

Après, elle a ri fort, de son rire magnifique qui contrebalance toutes les âneries qu'elle peut dire. Jean-Lou a éclaté de rire à son tour. Puis il nous a proposé de nous emmener en discothèque. Malgré mon amour fou, j'ai tiqué. Il était midi vingt. Jean-Lou nous a expliqué qu'il connaissait des boîtes ouvertes le jour. Il s'est garé en bas de chez Marie, et j'ai sauté à côté d'elle à l'arrière, pour la convaincre de monter dire à ses parents qu'elle passait la journée avec moi. Jean-Lou a mis la musique, il a baissé sa vitre et tendu la main pour attraper le vent. La veille, il m'avait confié : j'attrape le vent parce que je suis un bolide. Je n'ai pas peur des éléments car le feu brûle en moi.

Marie m'a murmuré :

– C'est pas possible, sa coupe de cheveux.

Je lui ai fait les gros yeux, mais d'un seul coup,

j'ai observé qu'une petite queue glissait dans le cou de Jean-Lou.

– Court devant, long derrière, vraiment on n'a pas le droit, a répété Marie.

– Tu viens avec nous ou pas ? lui ai-je demandé un peu fort pour qu'elle se taise.

Avant qu'elle ait le temps de me répondre, sa mère est passée dans la rue. Elle portait un panier de courses. Quand elle a aperçu Marie descendre de la voiture, elle s'est approchée. Jean-Lou est sorti, et elle a reculé. Mais quand elle m'a vue, elle a compris. Ce n'était pas la première fois que la fréquentation des mauvais garçons venait de moi. Je suis sortie pour l'embrasser et lui présenter Jean-Lou. En entendant son nom de famille, elle a dit :

– Oh ! La Corse, quel bel endroit !

Elle avait la classe de Marie, toujours le mot gentil malgré une pensée négative. Mais maintenant qu'elle avait vu sa gueule, et même si Jean-Lou lui souriait comme un gamin et avait bien accroché un madame après le bonjour, elle n'arrivait pas à détourner les yeux de ses santiags en requin bleu. De toute façon, quand elle les relèverait, elle tomberait sur ses bracelets. Marie n'a même pas osé demander la permission de rester. Sa mère l'a planquée sous son bras droit, comme son petit pain chaud du marché, et Marie nous a souri. Elle était rassurée de ne pas venir, et puis surtout de ne pas mentir, parce qu'elle n'était pas faite comme moi. Sous l'aile de sa mère, elle a agité son bras.

Du coup, Jean-Lou m'a emmenée prendre le soleil sur la terrasse de sa mère. Il a répété le mot, à tel point que j'ai fini par trouver cette terrasse suspecte. Je me demandais même si c'était une partie de son corps sur laquelle il m'invitait à marcher. Mais, avec Jean-Lou, je n'avais pas peur, j'entrais dans une autre dimension. Jean-Lou avait trente-sept ans, « l'âge du Christ » m'avait-il dit, mais je n'avais pas relevé l'erreur parce qu'à quelques années près il n'était pas nécessaire d'ergoter, et puis j'étais la première des filles de première à sortir avec un vieux. Par contre, j'avais un peu peur de coucher avec lui. Nos câlins fiévreux me convenaient en public, mais seuls au lit, j'avais peur que sa rebiquette ne soit soudain répulsive. Quand il a retiré ma culotte et que nous nous sommes retrouvés dans le salon de sa mère sans personne pour nous regarder, je me suis sentie très seule. Et sa rebiquette m'a encombrée. Elle était humide, car Jean-Lou avait chaud. Il pesait deux tonnes, et mon bassin, immobilisé par ses grosses cuisses, sortait de son axe. Son tatouage me regardait : une tortue et un phoque. Pas un phoque, m'avait-il dit la veille, mon labrador ! Il est mort l'année dernière, je l'adorais, c'est un hommage.

Soudain, la porte d'entrée a claqué et Jean-Lou a soufflé :

– Merde, ma mère !

Une voix de femme en noir a retenti.

– Où est la pute ? a-t-elle hurlé.

La mère de Jean-Lou est apparue.

Elle est ressortie aussitôt en claquant la porte. Jean-Lou a ri, et s'est rhabillé en me rassurant. Il m'a expliqué qu'on allait partir en évitant la porte. Il a ouvert la fenêtre. Et il m'a laissée passer devant.

Dans sa voiture, je lui ai dit :

– Mais à ton âge, c'est bizarre qu'elle réagisse ainsi ?

– Elle a peut-être vu la taille de ta culotte !

J'avais mis la 14 ans parce qu'elle est froncée entre les fesses.

– Où va-t-on ? lui ai-je demandé.

Sa rebiquette se détachait vraiment du reste de sa coiffure. Il a mis la radio. J'ai pensé à mes parents qui bronzaient sur une plage en comptant sur moi pour réviser mes leçons. Les cris de la mère de Jean-Lou me tapaient sur le cœur. J'ai eu envie que la mère de Marie me prenne sous son aile gauche. Je n'aimais plus Jean-Lou, je voulais qu'il me laisse, mais j'avais peur de le lui dire, à cause de ses requins bleus. Alors j'ai préparé un mensonge pour avoir le droit de rentrer chez moi sans lui.

– Mes parents reviennent ce soir, lui ai-je dit. Mais on a encore l'après-midi.

La solution du problème

– Je crois que ton ami est garé en bas. Il pourrait monter te chercher, la prochaine fois.

Si Constantin sort de sa voiture pour m'ouvrir la portière, ma mère le verra d'en haut, et elle se demandera, ou, pire, elle me demandera, pourquoi il porte un galurin de petit vieux sur la tête. J'enfile mon manteau en vitesse, mes ongles mal vernis et encore humides protégés dans la paume de ma main.

En passant la porte cochère, je jette un œil à travers la vitre baissée de sa voiture. Constantin me regarde par-dessus ses demi-lunes. Il faut traverser la rue pour le rejoindre, mais si je tourne la tête pour vérifier qu'il n'y a pas de voiture, je risque d'être prise de vertige et de caler des deux pieds, alors je traverse sans regarder, à l'oreille. Je monte dans sa voiture, déçue qu'il ne m'ouvre pas la portière mais rassurée que ma mère ne puisse pas l'apercevoir. Constantin pose une main sur mon genou. Puis il la tend vers mon visage et je plonge mon museau dedans. On ne sait pas encore très bien comment se dire bonjour. Et même si je suis fière d'être avec lui, je sens bien que l'embrasser sur la bouche est un peu bizarre. J'ai dix-sept ans, et lui, soixante.

– Ça va aller… Tu sais que j'ai la solution à ton problème, n'est-ce pas ? me dit Constantin, posant son index sur le bout de mon nez. On rentre à la maison ? Tu as faim ?

Je ferme la fenêtre pour échapper au flou. Je ne suis pas sortie depuis la semaine précédente. Je ne veux sortir qu'avec lui. Chaque fois que je me risque à aller dehors, la rue me fait peur et je me détache. J'ai ainsi dit « je me détache » à une dizaine de médecins. Ma mère patiente dans les salles d'attente. Entre ceux qui m'ont serrée dans leurs bras, ceux qui ont évoqué mon adolescence, ceux qui ont cherché une faille dans mon cerveau, un défaut dans mon cœur, une arête dans mon œil, je n'ai retenu que le verdict logique et insoignable de l'angoisse. Ce matin, au téléphone, j'ai confié à Constantin que j'allais bien, mais il m'a répondu que je lui mentais, parce que le problème était revenu dans ma voix.

– Ta voix te trahit. Je viens te chercher tout à l'heure, m'a-t-il dit.

La première fois que j'ai parlé à Constantin, j'étais chargée de répondre au téléphone dans une agence immobilière durant un stage d'été avant mon entrée en terminale.

– Votre douceur est la pudeur de votre agressivité, m'a-t-il asséné alors que, très poliment, je lui signalais que j'étais là seulement pour répondre aux questions sur les appartements et ne pouvais converser plus longuement avec lui.

Il m'avait aperçue en passant dans la rue et n'avait pas osé m'importuner. Il m'avait donc appelée pour entendre ma voix et me raconter son métier. Constantin possède des garages, un collège privé, deux boîtes à bac, un champ de haricots en Afrique, un magasin de ceintures, un restaurant à Évreux. Il est aussi le mécène d'une jeune pianiste virtuose, et l'agent d'une actrice muette. Il m'a dit que j'avais une voix de radio. Je n'ai pas compris tout de suite ce qu'il entendait par là et j'ai pensé aux radiographies. Il m'a proposé de me donner rendez-vous. Anticipant mes craintes, il m'a parlé de ses grands enfants, dont l'aînée est prof dans mon lycée. Il m'a suggéré de passer chez lui prendre un thé. Ou un chocolat. J'ai aimé sa voix et sa façon de me trouver double, d'emblée. Ainsi, ma douceur est la pudeur de mon agressivité. Cette affirmation tournoie dans ma tête, comme un remède possible à mes angoisses du dehors. Être double résonne comme un compliment, face et pile, noir et blanc, nuit et jour, enfer et paradis, haut et bas, laid et beau, vice versa. En l'espace de dix minutes, j'ai pris de l'avance sur l'année suivante et balayé le programme de philosophie de terminale.

J'ai donc accepté de rencontrer Constantin parce qu'il habitait sur ma ligne de bus et qu'en marchant le long d'un mur, je pouvais rejoindre l'arrêt de départ sans avoir à traverser. À l'arrivée, j'ai hélas dû traverser un grand boulevard à quatre voies, reportant mon attaque de panique au moment où Constantin m'a ouvert la porte. J'ai aussitôt fondu en larmes.

– Je le sentais, m'a-t-il dit, viens, entre, et mets-toi à l'aise.

Constantin est parti me chercher un verre d'eau et je me suis installée sur un grand canapé rembourré et fleuri. Puis il s'est assis au piano et a joué quelques airs entraînants, tapant du bout de son soulier à côté de la pédale. Il loupe toujours quelques notes, en jouant. Je n'ai jamais fait de solfège, mais je sens qu'il rattrape les ratés avec une série de zigouigouis étrangers à la partition. Nous avons ensuite parlé longuement de ces malaises paralysant ma vie. Il m'a fait le portrait-robot de mon âme, avant de préciser :

– Je veux rencontrer ton ADN.

Il a la solution à mon problème de vertiges et d'angoisses. Je dois lui faire confiance.

Ce jour-là, il m'a ramenée chez moi et s'est garé du bon côté de la rue. Quand j'ai levé la main pour lui adresser un signe en ouvrant la porte cochère, je l'ai vite rabaissée, sentant que mon geste était trop enfantin. Mais lui n'a pas eu le temps de penser à baisser la sienne, et il l'a agitée comme un grand-père gauche devant un berceau.

Je n'ai pas encore mon permis et je me demande comment Constantin arrive à conduire avec ses demi-lunes. Il pilote sa voiture de façon aléatoire, démarrant et freinant quand bon lui semble, pris par ce qu'il me raconte. Pourtant, nous évitons les écueils. Nous allons parfois au restaurant tunisien de la rue d'Hauteville, mais ce mercredi-là nous rentrons déjeuner chez lui. Sa bonne marocaine nous prépare des bricks. Elle me sert comme une toute petite fille, me caressant les cheveux d'une main pour que j'accepte d'en prendre deux. Elle dit à Constantin :

– Elle est mignonne, hein ?

– Donne-nous du vin, lui répond-il.

– J'ai peur d'être floue à cause du vin. En ce moment, j'ai besoin d'avoir les deux pieds sur terre.

– Je suis là, me dit-il. Et tu sais que j'ai la solution à ton problème.

Je me concentre sur ses yeux perçants. Quand j'arrive à les regarder, eux, quand je parviens à faire abstraction de tout le reste et à ne conserver que ses orbites, je l'aime du fond du cœur.

– Je vois en toi, me dit-il. Et j'ai la solution à ton problème.

Puis, respectant le rituel de nos mercredis chez lui, il ajoute :

– On passe à côté ?

Cette interrogation me renvoie toujours à un médecin qui, après m'avoir posé les questions d'usage, m'inviterait à m'installer sur sa table d'examen. En effet, après avoir goûté à la cuisine relevée de la bonne marocaine de Constantin, nous nous dirigeons vers sa chambre. La bonne disparaît comme par enchantement, et lorsque plus tard, gênée de ressortir de la chambre, je lui demande si elle est dans le coin, Constantin m'assure que non. Il y a pourtant quelqu'un qui refait le lit derrière nous, et retape l'oreiller. Je crains que le regard de la bonne soit méprisant, et qu'elle me renvoie chez mes parents à coups de balai. Elle m'a caressé les cheveux, m'a forcée à me resservir comme une enfant, et l'idée de la savoir dans la pièce d'à côté pendant que nous faisons l'amour me terrorise. Peut-être m'attend-elle, une poêle d'huile bouillante à la main, pour me la jeter au visage, ou me lapider à coups de pistaches. Et vu la longueur du couloir, je m'imagine ramper longtemps, humiliée, la bonne aux trousses.

Malgré la peur du mépris de la bonne, je me déshabille et je me couche pendant que Constantin prend une douche. Il se sait vieux et craint d'en porter l'odeur. En robe de chambre, il gagne le lit, le cheveu blanc peigné de frais. Concentrée sur ses orbites, j'évite toujours à son approche de regarder son nez ou ses oreilles. J'évite aussi de regarder en bas, vers ses pieds rangés dans des mules de cuir noir. Comme d'habitude, il rentre le ventre au moment de faire glisser la ceinture de son peignoir et sa façon un peu sautillante de se coucher dans le lit me peine. Alors, il s'empare de la télécommande des rideaux, les ferme comme il ouvre sa voiture, en s'y reprenant à deux fois. La chambre dans la pénombre, il allume la veilleuse en forme d'escalier, à l'abat-jour frangé, objet qui provient de sa grand-mère de Tunis qu'il appelait par son prénom et ne s'est jamais résolu à appeler Mémé, parce que, petit, il était déjà très différent des autres enfants.

Parfois, il me raconte des choses personnelles, et je souris pour lui montrer que je suis contente de recevoir ses confidences. Après, je ne sais trop qu'en faire. Il évoque avec nostalgie Sidi Bou Saïd, à l'époque où son village n'était pas touristique, et moi, je ne situe pas Sidi Bou Saïd, alors je partage ses regrets en caressant les stries de mes ongles mal vernis. Dans mon for intérieur, je préfère qu'il me dévore du regard plutôt qu'il ravive ses souvenirs avec son accent de là-bas :

– Avec toi, j'ai l'impression d'y retourner. Tu m'emportes. Au pays, les maisons sont blanches et bleues.

Quand il commence à décrire son village, je peste intérieurement, consciente que je dois le laisser travailler sa mémoire afin de l'attacher à moi davantage, mais tendue par le temps qui passe trop vite.

Constantin pose la main sur moi et je sens son petit ventre, d'abord son petit ventre, et jamais ses pieds, car je pense qu'il a conscience que ce serait un choc majeur. Quand son orbite vire à l'animal et qu'il crapahute contre moi, je suis contente et tourmentée.

– J'ai la solution à ton problème. Tu le sais, n'est-ce pas ? me répète-t-il.

Son vétiver me recouvre comme un plaid. Plus il m'aime, plus j'ai l'impression de m'enfoncer, fiévreuse, dans le canapé moelleux du salon. Chaque fois qu'il jouit, j'ai peur qu'il meure. Ses maxillaires se serrent avant de se relâcher très brutalement, et je crains par-dessus tout que son dentier me saute au visage. J'ai en vain cherché dans la salle de bains un indice, une trace de ce dentier possible, mais je n'ai rien trouvé.

Il a une autre maîtresse qui tient un magasin de chapeaux cloches à deux rues de là, et qui, trois fois par semaine, passe avec lui la tranche horaire précédant la nuit. Il rejoint alors sa vieille Colette qui dort déjà mais à laquelle il veut rester fidèle parce qu'il l'a connue à vingt ans et qu'elle a jadis été plus belle qu'Ava Gardner. Un soir, en me ramenant chez moi, il me promet que si personne ne m'a fait d'enfant pour mes vingt ans, il s'en chargera.

Une autre fois, il me demande si j'accepte d'être sa cavalière lors d'une soirée musicale qu'il compte organiser.

– Veux-tu être mon accompagnante ? précise-t-il, comme s'il lisait dans mes yeux que le terme de cavalière est moins usité aujourd'hui qu'en son temps.

– Accompagnante ? dis-je, pour signifier que si cavalière s'emploie difficilement, accompagnante est tiré par les cheveux.

– Tu recevrais avec moi, me dit-il. Tu pourrais inviter quelques amis.

La soirée a lieu un samedi, ce qui m'enchante parce que je cesse soudain d'être la jeune femme du mercredi après-midi. Je bavarde avec la bonne marocaine, tant j'ai peur de me mêler aux invités, lesquels me font répéter chaque mot, même mon prénom, prononcé toujours trop bas. Aucune de mes amies n'a voulu venir, préférant sortir dans un bar plutôt qu'assister à un concert de musique classique. Constantin me met en valeur, me présentant à tous comme une grande artiste qui s'ignore encore. Certains me demandent dans quelle discipline j'exerce mon art et je ne sais que répondre. Quand la pianiste commence à jouer, Constantin me fait signe de venir m'asseoir à côté de lui, et je suis très flattée, quoiqu'un peu ennuyée de laisser tomber la bonne d'un seul coup. Il pose la main sur ma cuisse.

Après le concert, Constantin tient à me faire rencontrer Consuelo, une grande et très jeune femme aux cheveux longs, à la robe courte, aux deux jambes fragiles et au visage bourré de tics. Il me dit :

– Quand je l'ai rencontrée, elle était bègue. En plus, je sens qu'elle adore les femmes.

Son œil frise. Je hais Consuelo au premier regard, malgré les sourires qu'elle m'adresse. Elle rit fort, parle beaucoup, envoie des piques. Elle me vole Constantin. J'étais une maîtresse parmi d'autres, mais je pensais être sa seule jeune fille. Constantin voit mon air noir. Alors qu'il me dit que la vie est une fête et que l'amour est multipliable, un peu comme un père explique à son enfant que le nouveau-né à venir ne lui retirera pas d'amour, il regarde Consuelo dont les yeux tressautent comme après une panne de cerveau. Je me réfugie dans une autre pièce. Je vois la bonne sourire à Consuelo et lui flatter la chevelure. Contre la colonne grecque en plâtre de l'entrée, je vacille. Poreuse et transparente, détachée de moi et de là, je me fais invisible quand Constantin et Consuelo traversent l'entrée en direction de la chambre. Consuelo, secouée de tics, rit, et parle de plus en plus fort.

– Je crois que votre agressivité est la pudeur de votre tendresse. J'ai la solution à votre problème, lui dit Constantin.

Codéine

La tête en arrière, les joues crispées, Joseph gémit. Son estomac. Il veut lire la notice de son remède, mais il a cassé ses lunettes. Il pose la main sur son ventre, ouvre la bouche en grand, puis il bascule sur sa chaise.

– Vous avez mal ? lui dis-je.

– Horrible, me répond-il, commandant un septième whisky.

Nous avons reporté ce verre plusieurs fois, et nous sommes enfin là, face à face, après une petite année d'hésitations, à constater le sentiment que nous éprouvons l'un envers l'autre. Il aurait pu, selon toute vraisemblance, se dissiper. Mais non. Depuis la lettre de Joseph, reçue quinze jours après une soirée bizarre où malgré la présence de mon fiancé je n'ai parlé qu'à Joseph, mon sentiment n'a pas bougé. Joseph est, possiblement, l'homme de ma vie.

À cette soirée, je l'ai vu debout, grand, avec une sorte de panache. Il est parti fumer dehors, me conseillant de le suivre si je ne voulais pas m'ennuyer, plantée au buffet. Mon fiancé nous a escortés. Je venais de trouver la paix avec cet homme qui me semblait assez étrange pour me combler, assez bavard pour que je puisse me taire, assez insomniaque pour me laisser dormir, assez gentil pour que je me repose. Et pourtant, l'apparition de Joseph a immédiatement tout cassé. À la seconde où j'ai rencontré Joseph, la logorrhée de mon fiancé est devenue intolérable.

Tous ensemble, nous sommes partis boire un verre dans un bar. D'autres personnes se sont jointes à nous, et Joseph s'est arrangé pour s'asseoir à côté de moi. Mon fiancé, plaisantant à ce propos, lui a cédé sa place. Nous avons parlé, enfin Joseph m'a parlé, puis il a été question de changer de bar pour prolonger la soirée. Mais mon fiancé, qui me savait casanière et peu encline aux grandes fiestas, a déclaré :

– Nous, on rentre.

J'ai aussitôt réagi :

– Ah non ! Pour une fois que je m'amuse !

Pourtant, je l'ai suivi. Nous sommes montés dans un taxi, et Joseph a retenu ma portière. Il n'arrivait pas à la fermer. Quand la voiture a démarré, mon fiancé m'a dit :

– Je l'aimais bien, ce type-là, jusqu'à ce soir, mais ça ne l'a pas tellement gêné de te draguer devant moi.

– Ah ?

– Ah.

Et puis mon fiancé m'a caressé les cheveux gentiment, et j'ai ressenti un courant d'air. La portière de la voiture était restée ouverte.

De son côté, Joseph a été ébranlé par notre rencontre et me l'a écrit. Sans retour de ma part, il a jugé opportun de ne plus penser à moi. En revanche, huit mois plus tard, à réception de ma réponse, son élan s'est ravivé. Aujourd'hui, il comprend tout à fait que je n'aie pas daigné lui écrire à l'époque où je vivais avec quelqu'un. Pourtant, j'ai pensé à lui quotidiennement, et mûri ma réponse, m'interdisant de la poster chaque soir et recommençant à l'écrire chaque matin. Je voulais donner une chance à mon gentil fiancé. Je sentais que Joseph est ce que le tarot de Marseille appelle un diable, une sorte d'être magnétique doué d'un pouvoir sur les autres. Autrement dit, un trajet droit dans le mur.

Joseph renifle, il s'est longtemps tenu une narine, avant de sortir un sirop de sa poche.

– Attention à la codéine, lui dis-je. Quelquefois, elle provoque de terribles effets secondaires.

– Ah ?

Il me montre son flacon de sirop à base d'huiles essentielles, et je suis étonnée que cet avaleur de whisky déclare :

– C'est de la propolis et de l'échinacée. Vous ne buvez rien. Vous en voulez ?

Joseph est concentré sur ses brûlures d'estomac. Entre deux éclairs de douleur, il me dit :

– Je suis content d'être là.

Durant mes huit mois de rétention, je l'ai suivi de loin, en rêve. Je le sais passionné par les zones industrielles, la question du surgelé et les petits rongeurs, et j'ai passé mon temps à m'imaginer jouant aux abords d'une usine avec un bébé gerbille. Dans une robe légère, blanche, à fines bretelles croisées dans le dos, je souffle sur des fleurs de pissenlit recouvertes de cendres. Nous marchons des heures, lui parlant, moi taisant l'ampoule de mon talon droit, puis gauche, de peur d'être enquiquinante. Nous dormons chez l'habitant, et je crains toujours d'être quittée pour la fille de la famille. Je suis sûre qu'il repart avec l'idée de lui écrire bientôt, alors je tais davantage mes ampoules, afin qu'il me préfère. Si par chance la fille est moche, je passe une belle soirée. Mais s'il quitte le lit, la nuit, je me rappelle soudain à quel point les hommes n'ont pas les mêmes goûts que moi et je trouve à la mocheté mille attraits que je n'ai pas.

Je le cherche, l'air de rien, afin qu'il se sente libre. Je le croise dehors, en train de ramasser des cailloux. Je suis soulagée, mais aussitôt je comprends qu'il m'a entendue arriver pendant qu'il pensait à rejoindre la fille sous ses draps, et qu'il se donne une contenance avec ses cailloux. Il m'en tend un en forme de cœur et je le garde dans ma poche, le caressant de ma main froide quand la peur qu'il me quitte me glace le dos.

Après tant de choses vécues avec lui dans ma tête, je trouve étrange de me retrouver face à Joseph. Très concentré sur ses douleurs, il ne voit pas que je deviens de plus en plus bleue. Il est 3 heures du matin, les bières ont remplacé le whisky, et nous titubons en marchant. Je titube de sommeil, par solidarité. Je pense que l'histoire va être compliquée.

L'amour me semble absent. Il y a une sorte de nécessité, d'obligation à accomplir ce qui a été si longuement retenu. Je ne sais pas comment arrêter. J'ai peur de le regretter aussitôt. Et surtout, j'ai froid.

Joseph me propose d'aller pique-niquer. Il pose la main sur mon épaule, et je ne sais pas s'il veut me toucher ou éviter de tomber. Un peu des deux, sans doute. Il rigole en répétant « pique-pique », il se penche pour m'embrasser, mais une forte toux l'empêche de le faire. Nous nous asseyons sur un banc.

– Vous ne dites plus rien. Vous devriez boire un coup, insiste-t-il en débouchant son sirop.

Je trempe les lèvres dans le breuvage qui a un agréable goût de tisane. J'ai envie d'être déjà rentrée chez moi, mais pas encore assez envie de le quitter. Alors je pose la tête sur son bras et un nuage de sa fumée réchauffe mes cheveux. Il retire sa veste qu'il pose sur mes épaules puis il rit en me parlant de ses lunettes. Mais je ne comprends pas ce qu'il dit. Je me sens abandonnée. Je ne retrouve pas ce qu'il m'a écrit dans sa lettre de déclaration. Son empressement amoureux est-il retombé à mon contact ? Je me demande si je suis décevante à ce point. Je suis stupéfaite par sa chute sur le côté du banc. Le sommeil a eu raison de lui. Je m'assois bien droite et je caresse sa main pour le réveiller, mais il continue de dormir. Je veille jusqu'à ce que le soleil se lève. Je ne veux pas qu'on nous prenne pour des clochards. J'arrange son corps sur le banc, pose sa tête sur mes genoux, et fais tomber devant son visage la notice du sirop que je lis patiemment, de haut en bas, puis de bas en haut. La propolis est une résine végétale utilisée par les abeilles comme mortier et anti-infectieux pour assainir la ruche.

Le soleil se lève dans mon dos. Il n'est pas chaud mais lumineux. J'imagine un réveil chatoyant, un aveu d'amour à la dimension de sa lettre, un mea culpa de suite de cuite, un beau projet à deux. Il pousse une sorte de râle et s'assoit sur le banc.

– Je suis où ? me demande-t-il.

– Entre Strasbourg-Saint-Denis et République.

Il me regarde et rien dans son regard ne contient la moindre envie de me voir. Je ne veux pas qu'on me ravisse mon rêve de huit mois, alors je glisse ma main dans la sienne. Il la dégage pour attraper ses cigarettes.

– Moi, je vais me coucher, dit-il.

Et à ce moment encore, j'ai envie qu'il me fasse une promesse, et relance la magie de son absence. Il me raccompagne à un taxi, et il met la tête en arrière, avant d'en refermer la portière. Enfin, j'ai chaud dans la voiture, et la porte est bien fermée. Je regarde Joseph s'éloigner sans se retourner, voûté par la fatigue, la main sur l'estomac. De loin, il me semble à nouveau grand. Et puis déçue, triste, ou juste fatiguée, je pense qu'il ressemble à un courant d'air et que je suis plutôt faite pour les bourrasques.

Le monsieur

Je me sens nette. Pas en faute. Même carrément très droite. Dans mes bottes, comme dit Guy. Toujours avec panache. Il n'a jamais pensé à vieillir dans sa tête. Est-ce pour cela que je l'aime ? J'ai dit à mes amies que c'était bien fini. On a rompu, croient-elles, quand j'ai rencontré Yves. Ce n'est pas si courant, des prénoms en Y. Elles y ont vu un signe. Moi aussi. Différent.

Guy s'attendait au choc, il l'avait préparé, il m'avait toujours dit qu'un jour je partirais. C'était dans l'ordre des choses. Il parlait comme mon père et moi je l'engueulais : On ne se quittera jamais ! Il caressait mes cheveux, et il a continué quand j'ai parlé d'Yves. Il a mon âge, ai-je dit, sans savoir le décrire. Vingt-cinq ans, c'est comme ça. Et tu l'aimes ? Je n'ai pas voulu dire oui. J'ai répondu : Je crois. Et Guy n'a pas moufté. Il m'a dit que si je voulais on pouvait arrêter. Moi, j'ai dit : Sûrement pas !

Je n'ai pas pu le quitter. Mais ce n'est pas de la pitié. La pitié, qu'est-ce que c'est ? Guy, c'est très différent. On n'arrêtera jamais. On n'a pas d'avenir, à quoi bon arrêter ? Au début, j'ai voulu me confier à des amies, qui m'ont parlé valeur, confiance, à quoi tu penses ! Aimerais-tu découvrir qu'Yves a une vieille maîtresse qu'il garde malgré toi ? Largue ton vieux, enfin !

Elles ne peuvent pas comprendre que son slip blanc me rend dingue. Qu'il n'a pas essayé de passer aux caleçons, qu'il reste lui-même tout le temps, sans se mentir pour me plaire. Je l'aime depuis que j'ai vingt ans. Je ne veux pas arrêter. Yves, c'est très différent. C'est de l'amour récent, la flamme à son acmé. On a vécu ensemble au bout de quelques jours, et maintenant il y a ce bébé. C'est la passion brutale pour un type de mon âge. Je découvre autre chose, je ne sais pas comment l'appeler, peut-être une vitesse. Guy serait la lenteur ? Non, Guy, c'est stable, c'est le temps, c'est là, comme un taureau, j'ai toujours pensé ça. Un taureau dans son pré qui inspire le respect. Mais quand Guy me voit venir, il fond. Tout comme un père, ont ri mes amies quand je suis tombée amoureuse de lui. Depuis, j'ai toujours dit « Jamais ! » quand il a prédit que je le tromperais. Et puis il ajoutait que tromper n'était pas le mot adapté. Tu partiras, et c'est normal, tu auras des enfants, une belle vie. J'avais si peur qu'il me quitte, lui. Je l'ai toujours supplié de rester.

Le jour où j'ai rencontré Yves, mes amies ont dit : Enfin elle va lâcher son vieux ! Fini, les longues soirées morbides, on la récupère en vacances, en bande de jeunes, viens qu'on s'éclate ! Laisse le monsieur ! Guy a fait comme elles, m'a poussée. Vas-y, sors, vois-le, amuse-toi. À ces mots-là, je devenais dingue, jusqu'au jour où j'ai dit OK. Ce jour-là, Guy ne m'a plus parlé. Quelquefois je l'appelais, et il se disait occupé. Je ne pouvais pas rester sans le voir. Il avait décidé de ne plus me toucher. J'ai pris, forcée, ces deux cadeaux qu'il me tendait, ma liberté, sa porte ouverte. Je les ai pris pour lui faire plaisir. Si tu veux me le présenter, je serai content de le connaître, a dit Guy, le plus que parfait. Yves et moi sommes venus un jour. J'ai dit « C'est un ami de mon père » quand Yves m'a demandé qui c'était.

– Dommage qu'il ne soit pas plus jeune, ce monsieur, je l'aurais présenté à ma sœur, m'a dit Yves quand on est repartis.

Ciné-club

Un samedi matin, Richard me demande de passer chez lui. Drôle de jour pour une visite, me dis-je, puisque je le sais enclin à passer seul ses journées mortes. La semaine, il travaille tard, et m'appelle quand il prend le métro, afin que je parte de chez moi pour le rejoindre chez lui. Quelquefois, il me téléphone alors qu'il est déjà rentré. Je traîne afin de ne pas l'encombrer trop tôt. Il aime retrouver son appartement vide, être seul pour faire bouillir l'eau des pâtes et regarder ses étagères de sauces en rêvant à celle qu'il va bien pouvoir mettre dedans. Il choisit ensuite un très bon vin, ouvrant de vieilles caisses qu'il a extraites à temps de sa vie rémoulue. Révolue, corrige-t-il en riant, notant que rémoulue marche aussi.

Il enfile un polo de sport vert en matériau brillant que sa femme lui a toujours interdit de mettre, et il m'ouvre la porte, léger et lourd à la fois, me donnant toujours le sentiment d'arriver trop tôt. Il m'envoie alors m'asseoir au salon, face à la télévision. Je propose de l'aider en cuisine mais il insiste pour que je reste dans l'autre pièce. J'attends dans le salon encore froid et éteint, tandis qu'à la cuisine Richard chantonne sous la lumière de la hotte, accompagnant de sa voix de basse un disque de chanteur d'opéra. J'ai le sentiment d'une fête, dans la pièce d'à côté, comme quand j'étais enfant et que mes parents recevaient à dîner alors que j'étais déjà couchée. Toujours sage dans l'espoir qu'à un moment on vienne me prendre la main pour m'emmener vers la lumière, j'attends.

Côte à côte, nous mangeons nos pâtes en regardant un film muet. Au bout d'un moment, Richard se lève, sans interrompre la projection (il connaît le film par cœur), et me ressert une assiette. Je me demande si, à me lester ainsi, il veut que je m'endorme avant d'avoir à me sauter. Quand le film se termine, il en met un autre. Le mètre qui nous sépare sur le canapé, même quand il y place un coussin afin de poser son coude, me préoccupe. On a beau y rester assis, ce canapé ne se déforme pas. Il est dur, froid, comme un banc en bois. Nous faisons l'amour lamentablement environ une fois sur huit rencontres, nous dormons le plus souvent sans nous effleurer, nous nous quittons au matin. J'ai souvent partagé son wagon de métro avant de me rendre compte que Richard a l'air plus heureux quand je pars avant lui. Il me prépare un café qu'il m'apporte au lit afin de ne pas avoir à partager l'espace de sa cuisine. Si je l'y rejoins tout de même, il va s'enfermer dans la salle de bains. Je m'habille, puis j'attends sur le canapé du salon. Quand Richard est prêt, il enfile son manteau, me regarde avec étonnement comme s'il me croyait déjà partie, et nous marchons vers le métro, gardant entre nous un coussin imaginaire ou un bon mètre de distance.

Il m'écrit à longueur de journées des mails enflammés qui me requinquent pour le soir. Mais chaque fois que le ciné-club commence, je comprends que l'amour sera pour un autre jour, et certainement pas pour le week-end, un sas de deux jours qu'il appelle couloir et qu'il souhaite traverser seul, afin de s'accorder tout ce dont il a été privé ces vingt-cinq dernières années, et trier des affaires dans l'idée de commencer une nouvelle vie.

Lorsque Richard me demande de venir, ce samedi matin, je ne peux résister à l'envie d'attraper quelques vêtements pour le dimanche ainsi qu'un nécessaire de toilette. Enfin, il m'accepte dans sa vie. Il a achevé ce travail d'accueil dont il aime à me parler pour me bercer. Il lui faut du temps pour accepter de recommencer sa vie ; et il a envie de profiter de cette solitude récemment acquise, même si ma façon de me taire n'est pas pour lui déplaire. Ainsi que mon talent caméléon, qu'il a complimenté.

– Tu sais te faire toute petite, tu es celle qu'il me faut, m'a-t-il déclaré, un soir de verve.

Ce samedi matin, je prends mon temps pour le rejoindre chez lui, suspectant qu'il peut tout à fait, entre sa demande de visite et mon arrivée, changer d'avis. Son envie est très forte lorsqu'il m'écrit, mais disparaît le plus souvent dès que je suis à l'approche. Ainsi ai-je déjà reçu des messages me demandant si je suis partie et m'incitant à traîner si ce n'est pas le cas, un classement, un archivage, s'étant soudain mis en travers de sa route.

Quand Richard m'ouvre la porte, il semble si content de me voir que je crois à une nouvelle phase de notre histoire. Il se lance. Il ose enfin s'offrir une nouvelle vie. Fougueux, il me demande de fermer les yeux. Je m'imagine aussitôt déshabillée puis rhabillée dans une combinaison résille avec découpes. Je sens qu'il me fait avancer vers le salon. Le canapé va enfin servir à autre chose qu'à manger. Il s'assoit à côté de moi, glisse dans ma main un objet rectangulaire, puis il me demande d'ouvrir les yeux.

Sur le mur, un écran de projection enroulable fixé au plafond pend en attendant qu'on le fixe d'un côté.

– Tout seul, je n'ai pu visser qu'à gauche, dit Richard.

Dans ma main, je tiens cette petite télécommande avec deux flèches et la promesse de pouvoir sous peu activer l'écran à distance. Richard se lève, il scratche sa ceinture antilumbago, puis il me demande de maintenir l'échelle sur laquelle il va monter. Je dois lui dire si l'écran est droit, avant qu'il plante la deuxième vis fatidique. Une fois l'écran posé, Richard manipule la télécommande, et ses yeux brillent.

– Un vrai écran de cinéma, murmure-t-il.

Il est midi. Richard me propose une assiette de pâtes que j'accepte. Je passe en revue tout ce que j'ai refusé de faire ce week-end avec mes amis au cas où il se décoincerait. Je suis contente de ma décision puisque je suis à présent chez lui, partageant ce long couloir. Nous déjeunons en regardant *Elle et lui* et je glisse la main près de son coude. Il ne bouge pas. Je ne peux pas passer l'après-midi dans le noir, alors que l'été vient d'éclater. Je mûris ma rébellion, réfléchissant aux termes les plus adaptés, puis je me lance. Entre deux films, je propose le plus naturellement du monde d'aller faire un tour dehors. Richard regarde ses volets clos au travers desquels filtre un rayon de soleil. Il me dit :

– Va faire un tour si tu veux, j'ai envie de profiter de mon écran.

Je repars comme je suis venue, un peu plus pliée peut-être, à l'image de ma minibrosse à dents, de ma minibrosse à cheveux. J'appuie sur ma minitélécommande mentale pour éteindre ma miniflamme dans le cœur, et je marche jusqu'à ce que ma minipromenade se transforme en randonnée.

Son père

C'est trop d'indices, l'absence. Trop important, ce mariage. Il faut que tu sois là. Tu restes une heure au vin d'honneur puis tu t'en vas, m'a dit son père. Je l'ai traité de tyran, en l'embrassant. Nos derniers mois se transforment en années si on sait compter jusqu'à… Huit, c'est ça ? Les plus belles de nos vies en tout cas, a-t-il dit. Ça fait huit ans que je suis amoureuse de lui, voilà. Et huit ans qu'il me le rend en passant chaque jour chez moi.

Premier coup de foudre, à Noël. Mon mari victime d'*excès* ; son père, là, qui n'a pas bougé pour le raisonner mais qui m'a prise sous son aile. Un frôlement dans un couloir entre la dinde et la bûche, *le bûcher* comme on l'a appelé : et si on se voyait demain, quelque part ? Premier rendez-vous amoureux, et le coup de foudre continue, dans un bar d'hôtel effrayant, où je cherchais derrière son dos si sa femme était cachée. Ma belle-mère, qu'est-ce qu'elle en dirait ? J'ai bien moins peur de mon mari. Son père et moi, c'est pour la vie, mais il ne peut pas deviner ça. Trop préoccupé par sa tête, qui va mal, qui ne me comprend pas. De moins en moins depuis huit ans, pourtant je sais qu'il ne sait pas. Quitte-le doucement, me dit son père qui sait que son fils ne me mérite pas, mais se demande ce qui se passerait si un jour son fils apprenait. Ton papa couche avec ta femme, lui dis-je derrière mes dents serrées quand il s'endort à côté de moi. Il rentre tard, ou il ne rentre pas. Il n'entend pas, ne se rappelle rien. Je l'ai épousé parce qu'il m'aimait. On ne se souvient jamais du reste.

Son père va louer un studio. Il veut qu'on ait notre lieu à nous. Au bout de huit ans, c'est réfléchi, tu ne crois pas, amour de ma vie ? On va s'installer en cachette. Je le retrouverai à midi, en fin d'après-midi, le week-end, on inventera des déplacements. C'est un retraité occupé, dit sa femme aux invités. Je le vois moins que quand il travaillait !

Mais maintenant, j'ai peur de la clef. Et si mon mari la trouvait ? Son père dit qu'on peut mettre un code, ça existe pour les portes d'entrée. Et si ça pouvait m'apaiser, il serait prêt à mettre un portier. Il faut que tu te calmes, que tu aies confiance. Huit ans que je gâche nos rendez-vous en surveillant les regards étranges. Même ceux d'inconnus me dévisagent. On a pu partir en voyage, je croyais que la distance nous aiderait, mais je n'ai pas quitté la chambre, certaine que les coïncidences poursuivaient les gens mauvais. On va se faire prendre, juste en bas.

Son père visite des appartements, on ne les visite pas en même temps. Je lui demande un étage élevé, je dis qu'en dessous du troisième, si je saute, je resterai handicapée. Mais pourquoi donc veux-tu sauter ? Si ma belle-mère arrive, je le ferai.

Le mariage bat son plein. Et mon mari débarque. En retard. N'aime pas les gens. Les conventions. Les fêtes.

– Je t'ai cherchée, me dit-il, je pensais qu'on viendrait ensemble.

– Ton père est passé me prendre.

Un visage comme un bronze, des rides dans le cou. Mon mari boit sans me regarder, et je le vois errer à la recherche de son père, il va le saluer. Je frôle un mur, j'attends que ça passe. Ma belle-mère m'approche.

– On ne s'est pas vues depuis combien de temps, ma grande ? Pourquoi tu ne viens jamais nous voir ? Nous, on t'attend tu sais.

Son père ne veut pas que je quitte mon mari en ce moment. Il dit : Pas dans l'état où il est. Toujours la même rengaine tout le temps, et la vérité à personne. Son père regarde au fond de moi, on dirait que c'est moi la mariée, je me dis que tout le monde va nous repérer mais là, il m'invite à danser. Je me tiens raide, on se parle tout bas, on projette un rendez-vous pour demain matin, mais on ne tiendra pas jusque-là, on doit vite trouver une fenêtre, vite une fenêtre dans ses bras ! Viens aux toilettes, je t'y attends.

Mon mari s'approche et son père lui cède la danse en me souriant tendrement. Il s'éloigne. On a dit les toilettes. Mon mari me serre bien trop fort. Il danse en se ratatinant, toujours plus petit que moi, son nez dans mon cou. J'entends comme un ronronnement, je ne sais jamais si c'est son souffle, s'il s'apprête à dormir debout. Il est lourd et ses mains transpirent.

– Il faudrait, me dit mon mari, que je te baise dans chaque endroit où vous êtes allés, tous les deux, fais-moi une liste, raconte-moi.

Il ne sait rien, j'ai mal compris, c'est ma tête qui brode ces mots-là, ou ma peur qui attise le feu. Je n'ai jamais gaffé en huit ans. Son père ne m'appelle pas, on a des codes secrets d'amour. Mon mari ne peut pas savoir.

– Je savais que tu aimais les vieux, mais tu l'as choisi, lui, pourquoi ? demande mon mari, le nez en bas.

S'il le relève, je verrai le rouge, brodé dessus, comme des rivières, ses rivières roses, sa carte de France. C'est comme ça qu'on parle de lui, avec son père, quand on évoque ses insomnies. Ça passera peut-être, me dit-il. Je sais qu'il espère le contraire. Il veut me garder pour toute la vie, me protéger de son fils chéri.

Son père m'a dit que je pourrais partir dès que les speeches seraient terminés mais mon mari veut me faire danser, pendant que les témoins de son frère vantent au micro ses qualités. Je lui dis : Arrête, personne ne danse… Et j'ai rendez-vous aux toilettes.

– Donne-moi rendez-vous pour l'avenir, dit mon mari en suppliant, sa carte de France sur le visage, où le vin mauve trace des larmes.

– Tiens-toi, lui dis-je, je t'en supplie.

J'interromps la danse, il tourne seul, au milieu des gens silencieux. Je n'attends pas la fin des speeches.

– Et de qui est donc cet enfant ? me demande ma belle-mère en passant.

Pourtant ses lèvres ne bougent pas. J'ai besoin d'air immédiatement. Elle a vu mon ventre gonflé ; ma façon pleine de protéger derrière mes mains ce qui apparaît. Je ne réponds pas, je passe mon chemin, alors qu'elle fronce les yeux, soudain, où est son mari ? Elle ne le voit pas ! Et pourquoi moi je quitte la pièce, à la recherche d'une fenêtre, en tenant mon ventre contre moi ?

Elle est comme ça

On se disait juste : Alice, elle est comme ça. S'il y a un vieux quelque part, avec un peu de charisme, pas du pouvoir forcément, mais quelqu'un dans la pièce qui dit des choses intelligentes, hop, elle y va. Pour les choses intelligentes, ça dépendait du gars. Je l'ai déjà vue fondre parce que le mec avait dit le mot « opéra ». Alors elle enclenchait. Ça déroule, je me disais, sans moquerie de ma part. Sauf avec celui qu'on a appelé Mickey, au Club Med, le seul GO intello de la plage, qui lui a étalé de la crème dans le dos en lui parlant de Strauss avec une crotte de nez juste au-dessus de la lèvre. Alice l'a aussitôt excusé : il est prof de voile, et souvent ça fait ça, l'eau de mer ! On avait le fou rire. Chaque fois qu'on débarquait au stand de voile, on se demandait si Mickey aurait un mickey… Mais elle, elle arrivait à aller au-delà du mickey, ou du slip de bain, et à dire On s'en fiche, Mickey est là par dépit, il ne va pas faire GO toute sa vie. Elle le plaignait tellement qu'elle couchait avec lui. Et c'était beau sa manière de sauver les vieux de leur détresse. Elle disait : Si je ne le fais pas, qui le fera ? Je n'ai jamais essayé de lui expliquer qu'un GO n'était pas dépité, même vieux, même poétique, qu'il était là pour tirer son coup, comme les autres. Je n'ai jamais éprouvé quoi que ce soit de négatif envers sa générosité. Il y a eu Laurent par exemple, le GO pâtissier, dans un autre Club Med. Elle trouvait injuste que les filles ne couchent jamais avec les GO pâtissiers. L'amour, c'était pour les voileux, le skieur nautique, l'aquagymnaste, le présentateur de spectacles ou le barman, jamais pour le pâtissier. Alors que Laurent est pâtissier par dépit, elle m'a dit. Le soir, on entrait dans le restaurant avec ses parents. Sa mère venait de lui essuyer une tache de sperme sur le tissu noir de l'épaule en croyant passer son doigt humide sur de l'écran total. Et Alice admirait les gâteaux. Elle me demandait de faire pareil, par égard pour Laurent, qui était là, debout, à côté du buffet sucré, félicité seulement par des vieilles. Alors on admirait les gâteaux, et on disait : À tout à l'heure Laurent, avant de se jeter sur une assiette de frites-lasagnes.

Alice a même couché avec un tétraplégique. Il avait cinq ans de plus que son père et elle m'a encore dit : Mais si je ne le fais pas, qui le fera ? Elle ne savait pas comment refuser, alors elle transformait son oui en destinée. Après tout, c'est qu'une toute petite partie de moi, mon cul. Mon cœur aussi, tu sais. Elle a sucé le vendeur de l'animalerie parce qu'il était roux. Je l'ai vue vraiment triste un jour où elle s'était offerte à un vieux qui louchait mais qui avait préféré passer l'après-midi à lui lire à haute voix *L'Identité de la France* sans la toucher.

Des amis disaient que c'était lié à son père, cette obsession pour les vieux, et moi je le connaissais, son père, un homme droit, pas fuyant ni absent, et je répondais que c'était n'importe quoi.

J'ai toujours été contente quand Alice me présentait ses vieux. Pas forcément contente d'être dans la boucle, mais contente parce que dans l'ensemble, ils m'aimaient bien. André avait dit que j'avais un laser dans les yeux. C'était le plus accessible, peut-être parce qu'il était prof alors il s'y connaissait en adolescentes, il était dans la transmission. J'avais remarqué que les moins sympathiques n'avaient pas d'enfants. Et puis il y avait les autoritaires, les je-sais-tout. Mais Alice m'expliquait qu'ils n'étaient pas comme ça dans l'intimité. Ce n'est pas facile pour eux, disait-elle, de rencontrer mes amies. Elle avait peur que ses hommes se taillent en découvrant les gens de son âge. Elle, elle savait ne pas avoir d'âge. Elle buvait même du cognac. Claude, ç'a été duraille. Il voulait à tout prix m'aider dans mon métier. On était déjà beaucoup plus grandes mais je venais de commencer un job et il n'arrêtait pas de me conseiller stratégiquement pour changer de poste. Je ne voulais pas changer de poste alors il dressait mon portrait psychologique : j'étais au top niveau agréabilité et extraversion, mais mon névrosisme influait sur mon exigence professionnelle. Alice rêvassait dans ces moments-là. On aurait dit qu'elle chassait tout événement pouvant nuancer le jugement indulgent qu'elle portait sur ses hommes. Je ne voulais pas lui gâcher sa danse alors je ne lui faisais jamais part de mon mécontentement. Et puis ça passait vite, franchement. Je me suis mariée il y a vingt ans, elle est venue à la fête avec Jacques, qui souffrait d'acouphènes et a grimacé toute la soirée. De toute façon, elle quittait vite les soirées. Elle ne voulait pas imposer notre jeunesse à ses hommes. Elle savait l'ennui que c'était de faire tourner les serviettes pour ces vieux arthrosiques de l'épaule.

On est toujours aussi proches toutes les deux. Maintenant, on est vieilles mais ce n'est pas différent. Nos vies sont complètement opposées. J'ai deux enfants. Elle a généralement deux mecs. Vieux.

Mais en ce moment, elle dit qu'elle a enfin trouvé. C'est pour la vie, elle veut un enfant de lui, et elle espère qu'à quarante-cinq ans, elle y arrivera… *Ça va marcher tu crois ?* Je ne la suis plus. Lucas a vingt-trois ans. Vraiment, je ne comprends pas.

Une sale histoire

Il m'attendait bourré, au bistro de la rue des Feuillantines. Il venait de découper la robe de sa femme en lambeaux. Il en a fièrement sorti un morceau de sa poche. Il me l'a agité sous le nez comme un jouet pour chien. Cuite, sa tête a roulé en avant. Elle est restée posée sur la table un moment. La peau de ses mains était violette, les veines de ses doigts assez noires. Je le connaissais depuis quinze jours et il ne m'avait pas encore dit s'il m'embauchait ou pas. Chaque jour, il m'ordonnait de venir travailler, il m'attendait au café puis nous rentrions chez lui. Là, il s'affalait sur son lit en me disant :

– En fait, je me suis tellement branlé en t'attendant que je ne suis pas sûr de bander.

Soumise, amoureuse, je ne savais dire de quoi il retournait. Je m'étendais auprès de lui, n'osant le toucher de peur de le gêner. S'il ne bandait pas, c'était ma faute. S'il bandait, c'était grâce à sa colère, me disais-je. Sa femme, enfin son ex-femme, le mettait dans des états pas possibles. Daniel me changeait de Sébastien, le jeune étudiant en droit sur lequel j'avais, l'été précédent, jeté mon dévolu.

Sébastien, certain de mon don pour les slogans et de mon humour adéquat, m'avait poussée à envoyer plusieurs lettres de candidature à des boîtes de pub dont celle que Daniel venait de créer.

– Adéquat ? avait demandé Daniel, quand je m'étais vantée auprès de lui de ce qualificatif.

Puis il m'avait proposé un verre et j'avais minaudé plusieurs fois avant d'accepter d'entrer dans sa chambre.

– Ma femme avait des goûts de chiottes, elle adorait les trucs bourgeois, m'avait-il dit, s'excusant à mon oreille, et y glissant l'information comme une salacité.

Il avait balancé par terre bougies et chandeliers, criant « La conne ! » à la photo d'elle qui trônait encore dans un cadre, en mariée. Je l'avais aussitôt détestée, avec son air blond, sain, ses dents dehors et sa main baguée.

Ennuyée pour lui que Daniel ne bande pas, même en me parlant d'elle, je m'étais promis d'éviter au maximum leur chambre à coucher. Alors je passais la journée au bar, attendant que le type ne le serve plus pour le ramener chez lui et rentrer chez moi.

Parfois, Sébastien venait me chercher dans le quartier et nous marchions. Il me demandait s'il avait été question d'un contrat de travail et quand je lui répondais non, il posait le bras sur mon épaule en m'appelant « Ma chérie ». J'avais l'impression de jouer la comédie, et je ne comprenais pas pourquoi je me sentais mieux avec Daniel ivre mort qu'avec Sébastien amoureux. On était beaucoup trop jeunes pour s'appeler « Chéri ». Quand on allait au restaurant, j'avais encore envie du menu enfant, et je reconnaissais aux commentaires de Sébastien sur le vin chaque mot nouveau tiré du *Manuel de l'œnologue* prêté par son père le dimanche précédent. Je préférais la théorie de Daniel sur le je-pisse-ce-que-je-bois qui me paraissait beaucoup plus sexy.

Sébastien m'expliquait comment m'y prendre pour exiger un contrat, ou au moins un indice sur ce qu'envisageait Daniel pour mon avenir. Je trouvais étrange que, sans l'avoir jamais vu, Sébastien accorde à Daniel autant d'importance. Je le soupçonnais de mépriser mes jobs d'hôtesse d'accueil et d'avoir hâte que j'exerce un métier intelligent dont on pourrait tous deux parler à haute voix au restaurant.

J'aimais quitter Daniel mais j'avais de moins en moins envie de retrouver Sébastien. Dès que Daniel était loin, il me téléphonait. Et sa voix noire m'attirait aussitôt. Je revenais le lendemain, au bar, et parfois quand même sur son lit, blottie sous son bras, respirant au minimum afin que les vapeurs d'alcool n'affectent pas mon cerveau. Il existait sans doute un alcoolisme passif qu'on découvrirait bientôt. J'avais peur d'attraper quelque chose, mais quoi ?

Finalement, Daniel m'a demandé de rompre avec Sébastien. Il n'aimait pas, le soir, me savoir avec quelqu'un. J'ai accepté et expliqué à Sébastien que j'étais tombée amoureuse de Daniel. Dépité mais digne, il m'a laissée filer. J'ai donc rejoint Daniel au café, en amoureuse libre. Sa femme avait répondu à la robe déchirée en cassant la maison. De l'intérieur, répétait-il, elle a cassé la maison de l'intérieur. Les fenêtres sont tombées dehors.

Il a voulu me caresser la joue mais son bras n'a pas porté jusqu'à moi. Il est retombé, fatigué, en chemin, dans l'assiette de cacahuètes que le type du bar nous fournissait à dessein mais que j'étais toujours la seule à boulotter. Nous avions trente ans d'écart et le type du bar m'avait plusieurs fois demandé de faire attention à mon papa. Ma voix portant peu, il ne m'avait jamais entendue répondre :

– C'est pas mon papa.

Je partageais avec lui l'après-midi sur un grand lit sans que plus jamais nos corps se désirent. Il ronflait dans mon oreille, se réveillait pour me raconter son divorce, son infortune, ses revers de jeunesse. Je partais le soir, avec Sébastien ou un autre que je lui cachais cette fois, contente de retrouver mon air, fière de ma nuit de liberté, mais toujours avide, le lendemain, de venir le retrouver, là, comme un pilier, une sorte de patriarche effondré dont j'aimais, maintenant je le sais, le regard qui se défloutait juste le temps de m'apercevoir. La menace de sa femme planait, comme celle d'une maman illusoire, et je cherchais ses bras, dans le noir.

Pique-nique au cimetière

Davantage obsédée par son départ que par notre vie, je passais mon temps à imaginer quelle forme prendrait sa mort. Me ferait-il le coup au lit, au restaurant ? Me retrouverais-je, un matin volé, étendue auprès de son corps froid ? J'avais accepté d'être sa maîtresse à condition de le rester. J'étais décidée à tomber amoureuse de lui, mais modérément, à me contenter de quelques moments, sans jamais le tromper afin de conserver la délicatesse de notre sentiment débutant.

Ce qui résumait en effet le mieux notre idylle était sa fraîcheur. Et, contre toute attente, je n'étais pas l'instigatrice de ce climat. Il en était, lui, le seul responsable. Je ressentais beaucoup trop de curiosité envers sa femme, et leur vie, pour évoluer en sérénité. Je n'apportais à notre histoire qu'angoisses et cauchemars. Et même s'il m'arrivait d'espérer la mort de son épouse afin de prendre sa place, je ne pouvais concevoir qu'il la quitte alors qu'elle avait son âge. On ne plaque pas une femme après cinquante ans, lui avais-je assené, alors que, songeant à cesser toute activité professionnelle, il avait évoqué une nouvelle vie avec moi, à la campagne. Eh bien merci du cadeau, avais-je soupiré. Et il avait ri.

J'étais une fille de la ville. Je me souvenais d'avoir jadis largué un homme qui méprisait la Terre entière, exception faite de l'oiseau pouilleux qu'il hébergeait sur son balcon et nourrissait de graines très spéciales. Je lui avais dit combien je trouvais sa connerie débordante. Je me fichais des oiseaux. Je n'aimais pas les arbres, je n'aimais pas la terre. Je ne voulais ni chien, ni poule, ni cochon. J'aimais la ville, le bruit, les sorties, et les foules innombrables.

J'insistais donc pour qu'il ne me reparle jamais de ses projets de campagne et je vérifiais même, de temps en temps, qu'il avait pensé à coucher avec sa femme. Il croyait me combler en m'avouant qu'il y songeait peu, et elle pas davantage. Je l'avais menacé de ne plus me rendre à nos rendez-vous s'il ne faisait pas un petit effort de ce côté-là.

– Mais je ne vais pas la baiser en pensant à toi ? avait-il gémi.

Écrabouillant d'emblée les gémisseurs, je lui avais demandé, sans prendre la main qu'il me tendait, à quoi, à son avis, pensaient tous les hommes en baisant leur femme ?

J'aime mieux être l'autre. Je préférerais, toute ma vie, rester l'autre. Je suis l'autre, point. Il trouvait du charme à ma plus mince sottise. Il goûtait mes humeurs. J'aimais lui faire la tête pour rien, longtemps. Il suffisait que j'aie mes règles pour l'émouvoir. Sa femme ne lui avait plus fait le coup depuis dix-sept ans et il disait adorer ça comme il n'avait jamais pensé à aimer le sang avant. Mes règles l'enchantaient. Il en parlait allègrement.

Notre ville ne nous permettait pas de nous cacher facilement, alors nous nous retrouvions chez moi. Mais l'envie qu'il avait de se promener, malgré ce que je lui confiais de mes peurs de sa mort imminente, n'était jamais vraiment rassasiée. Nous marchions l'un à côté de l'autre, inquiets à l'idée de croiser la boulangère ou le facteur, apeurés que notre trahison soit répétée à sa femme. Nous avions donc trouvé où nous donner rendez-vous. Et deux à trois fois par semaine, nous nous retrouvions devant chez les Sixte-Bandrier, caveau 341, allée 12.

Notre cimetière m'apaisait. Nous nous emparions à l'entrée d'un arrosoir, puis nous marchions par les allées, toujours vides en semaine, et nous nous asseyions sur notre banc, à l'ombre d'un arbre. Quelquefois nous y pique-niquions. J'étais inquiète à l'idée de l'enfer.

– Pique-niquer dans un cimetière est-il un blasphème ? lui avais-je demandé.

Il essayait de m'embrasser pour répondre à mes prières, mais je refusais. Je me demandais pour combien de temps il en avait. Un an ? Deux ? Quelques mois seulement ? Je refusais d'emblée tout sentiment profond, de peur d'avoir à le perdre. Laisse-moi faire, disait-il. Je vais donner à ma femme l'envie de partir. Elle va partir. Et puis nous fuirons ensemble, à la campagne, dans une petite maison, proche d'un bois. Nous aurons deux maisons côte à côte. Tu garderas les enfants. Mais je m'en occuperai un peu, ne t'inquiète pas.

Je prenais garde à ne pas l'interrompre, à ne pas le décevoir en lui avouant ma peur des bois. Il me promettait des soirées au coin du feu et des réveils ensanglantés. Je regardais son œil vif et droit, celui qui restait dur quand son corps faisait l'amour, et j'avais envie de lui dire oui. Aussitôt, son âge me sautait au visage. Je me demandais ce que je ferais de lui s'il tenait encore quarante ans, et si c'était vraiment un coup à faire à des enfants. Mon père, avec trois ans de plus que lui, était encore en forme. Mais il commençait, après plusieurs kilomètres, à se plaindre parfois d'un genou.

À vingt ans, j'avais aimé un homme de soixante et je m'étais dit que la différence entre nous ne comptait pas. Je me répétais que, quand j'aurais trente ans, il en aurait soixante-dix. Quarante, quatre-vingts. Cinquante, quatre-vingt-dix. Soixante, cent ans. Là, je constatais que cent ou soixante étaient à peu près la même chose, en âge, en carrés de chocolat.

Mais je n'avais plus vingt ans et je ne raisonnais plus ainsi. Alors, pour retrouver ma jeunesse, j'attrapais sa main et je l'embrassais, fougueusement pour qu'il puisse mourir dans l'heure sans que je me fasse le reproche de ne pas l'avoir assez aimé, et froidement pour ne pas trop m'attacher à lui ni risquer de mourir en le perdant.

Il est mort sans me le dire. Nous nous étions déjà quittés, venant chacun, séparément, discuter avec l'autre, seul sur le banc. Je l'y ai vu, de dos, plusieurs fois, et je suis repartie doucement. À l'occasion, je passe encore dans le village avant de rentrer là où je vis, dans une campagne retirée, à côté d'un bois ravissant, seule, sans enfant. J'ai un grand chien. Et je m'arrête au cimetière. Un oiseau vient me voir sur le banc, l'arbre a poussé, il est géant. Et lui, couché là sous la terre, me remue encore les entrailles. Je parle à haute voix. Je me moque de lui gentiment. Je ne pleure jamais.

DU MÊME AUTEUR

Le Grenier
Anne Carrière, 2000
et « Le Livre de poche », n° 15365

Je prends racine
Anne Carrière, 2001

La Reine Claude
Stock, 2002

Pourquoi tu m'aimes pas ?
Fayard, 2003

Vous parler d'elle
Fayard, 2004
et « Le Livre de poche », n° 30523

Insecte
Fayard, 2006
et « Points », n° P4284

On n'empêche pas un petit cœur d'aimer
Fayard, 2007

Dessous, c'est l'enfer
Fayard, 2008

Les Cris
Fayard, 2010
et « Le Livre de poche », n° 32180

Les Bulles
Fayard, 2010
et « Le Livre de poche », n° 32494

Les Merveilles
Grasset, 2012
et « Le Livre de poche », n° 33071

Les Couplets
Grasset, 2013
et « Le Livre de poche », n° 33810

Eux
Éditions de l'Olivier, 2014
et « Points », n° P4076

Les Pêchers
Éditions de l'Olivier, 2015

Rebelles, un peu
Éditions de l'Olivier, 2017

RÉALISATION : NORD COMPO À VILLENEUVE-D'ASCQ
IMPRESSION : CPI FRANCE
DÉPÔT LÉGAL : MAI 2017. N° 135824 (3022151)
IMPRIMÉ EN FRANCE

Éditions Points

DERNIERS TITRES PARUS

P4473. Je me suis tue, *Mathieu Menegaux*
P4474. Le Courage d'avoir peur, *Marie-Dominique Molinié*
P4475. La Souffrance désarmée, *Véronique Dufief*
P4476. Les Justiciers de Glasgow, *Gordon Ferris*
P4477. L'Équation du chat, *Christine Adamo*
P4478. Le Prêteur sur gages, *Edward Lewis Wallant*
P4479. Les Petits Vieux d'Helsinki font le mur
Minna Lindgren
P4480. Les Échoués, *Pascal Manoukian*
P4481. Une forêt d'arbres creux, *Antoine Choplin*
P4482. Une contrée paisible et froide, *Clayton Lindemuth*
P4483. Du temps où j'étais mac, *Iceberg Slim*
P4484. Jean-Louis Trintignant. L'inconformiste, *Vincent Quivy*
P4485. Le Démon de la vie, *Patrick Grainville*
P4486. Brunetti entre les lignes, *Donna Leon*
P4487. Suburra, *Carlo Bonini et Giancarlo de Cataldo*
P4488. Le Pacte du petit juge, *Mimmo Gangemi*
P4489. Mort d'un homme heureux, *Giorgio Fontana*
P4490. Acquanera, *Valentina D'Urbano*
P4491. Les Humeurs insolubles, *Paolo Giordano*
P4492. Le Professeur et la Sirène
Giuseppe Tomasi di Lampedusa
P4493. Burn out, *Mehdi Meklat et Badroudine Saïd Abdallah*
P4494. Sable mouvant. Fragments de ma vie, *Henning Mankell*
P4495. Solomon Gursky, *Mordecai Richler*
P4496. Les Ragazzi, *Pier Paolo Pasolini*
P4497. Goya. L'énergie du néant, *Michel del Castillo*
P4498. Le Sur-vivant, *Reinhold Messner*
P4499. Paul-Émile Victor. J'ai toujours vécu demain
Daphné Victor et Stéphane Dugast
P4500. Zoé à Bercy, *Zoé Shepard*
P4501. Défaite des maîtres et possesseurs, *Vincent Message*

P4502. Vaterland, *Anne Weber*
P4503. Flash boys. Au cœur du trading haute fréquence *Michael Lewis*
P4504. La Cité perdue de Z, *David Grann*
P4505. La Dernière Fête, *Gil Scott-Heron*
P4506. Gainsbourg confidentiel, *Pierre Mikaïloff*
P4507. Renaud. Paradis perdu, *Erwan L'Éléouet*
P4508. La douleur porte un costume de plumes, *Max Porter*
P4509. Le Chant de la Tamassee, *Ron Rash*
P4510. Je ne veux pas d'une passion, *Diane Brasseur*
P4511. L'Illusion délirante d'être aimée *Florence Noiville*
P4512. L'Encyclopédie du Baraki. De l'art de vivre en jogging en buvant de la bière, *Philippe Genion*
P4513. Le Roland-Barthes sans peine, *Michel-Antoine Burnier et Patrick Rambaud*
P4514. Simone, éternelle rebelle, *Sarah Briand*
P4515. Porcelain, *Moby*
P4516. Meurtres rituels à Imbaba, *Parker Bilal*
P4517. Dire nous. Contre les peurs et les haines, nos causes communes, *Edwy Plenel*
P4518. Ce que je ne pouvais pas dire, *Jean-Louis Debré*
P4519. Montecristo, *Martin Suter*
P4520. Manhattan People, *Christopher Bollen*
P4521. Le Livre d'Aron, *Jim Shepard*
P4522. Fais-moi danser, Beau Gosse, *Tim Gautreaux*
P4523. La Tête hors de l'eau, *Dan Fante*
P4524. Orgasme, *Chuck Palahniuk*
P4525. Professeur singe *suivi de* Le Bébé aux cheveux d'or *Mo Yan*
P4526. Snjór, *Ragnar Jónasson*
P4527. La Violence en embuscade, *Dror Mishani*
P4528. L'Archange du chaos, *Dominique Sylvain*
P4529. Évangile pour un gueux, *Alexis Ragougneau*
P4530. Baad, *Cédric Bannel*
P4531. Le Fleuve des brumes, *Valerio Varesi*
P4532. Dodgers, *Bill Beverly*
P4533. Étoile morte, *Ivan Zinberg*
P4534. Questions de vie. Un psy face aux détresses d'aujourd'hui, *Jacques Arènes*
P4535. Le Silence de Dieu. Face aux malheurs du monde *Bertrand Vergely*
P4536. Le Souffle du Maître, *Blanche de Richemont*
P4537. Je crois en l'homme parce que je crois en Dieu *Robert Hossein, avec François Vayne*
P4538. L'Homme de ma vie, *Yann Queffélec*

P4539. Un homme à histoires, *Patrick Rotman*
P4540. Il est minuit, monsieur K., *Patrice Franceschi*
P4541. Pour la peau, *Emmanuelle Richard*
P4542. Le Choix de l'insoumission, *Jean-Luc Mélenchon*
P4543. La Femme du gardien de zoo, *Diane Ackerman*
P4544. Au service secret de la France
Jean Guisnel et David Korn-Brzoza
P4545. Le Grand Marin, *Catherine Poulain*
P4546. Libres comme elles. Portraits de femmes singulières
Audrey Pulvar
P4547. L'Innocence pervertie, *Thomas H. Cook*
P4549. Sex Beast. Sur la trace du pire tueur en série
de tous les temps, *Stéphane Bourgoin*
P4550. Pourquoi les poètes inconnus restent inconnus
Richard Brautigan
P4551. Il pleut en amour – Journal japonais, *Richard Brautigan*
P4552. La Grande Santé, *Frédéric Badré*
P4553. L'Ombre animale, *Makenzy Orcel*
P4554. Vladimir M., *Robert Littell*
P4555. Tous les vivants, *Jayne Anne Phillips*
P4556. Les Ravissements du Grand Moghol, *Catherine Clément*
P4557. L'Aventure, le choix d'une vie, *collectif*
P4558. Une saison de chasse en Alaska
Zoé Lamazou et Victor Gurrey
P4559. Mémoires *suivi de* Journal de guerre, *Roland Garros*
P4560. Des petits os si propres, *Jonathan Kellerman*
P4561. Un sale hiver, *Sam Millar*
P4562. La Peine capitale, *Santiago Roncagliolo*
P4563. La Maison maudite et autres récits
Howard Phillips Lovecraft
P4564. Chuchotements dans la nuit, *Howard Phillips Lovecraft*
P4565. Daddy Love, *Joyce Carol Oates*
P4566. Candide et lubrique, *Adam Thirlwell*
P4567. La Saga Maeght, *Yoyo Maeght*
P4568. La crème était presque parfaite, *Noël Balen*
et Vanessa Barrot
P4569. Le Livre imprévu, *Abdellatif Laâbi*
P4570. Un président ne devrait pas dire ça... Les secrets
d'un quinquennat, *Gérard Davet, Fabrice Lhomme*
P4571. Best of Hollande, *Plantu*
P4572. Ally, la sœur de la tempête, *Lucinda Riley*
P4573. Avenue des mystères, *John Irving*
P4574. Une putain de catastrophe, *David Carkeet*
P4575. Une traversée de Paris, *Eric Hazan*
P4576. Vie de combat, vie d'amour, *Guy Gilbert*
P4577. L.A. nocturne, *Miles Corwin*

P4578. Le Lagon noir, *Arnaldur Indridason*
P4579. Ce qui désirait arriver, *Leonardo Padura*
P4580. À l'école de l'amour, *Olivia Manning*
P4581. Le Célibataire, *Stella Gibbons*
P4582. Les Princesses assassines, *Jean-Paul Desprat*
P4583. Le Gueuloir. Perles de correspondance, *Gustave Flaubert*
P4584. Le Dico de l'humour juif, *Victor Malka*
P4585. Le Crime, *Arni Thorarinsson*
P4586. Lointaines Merveilles, *Chantel Acevedo*
P4587. Skagboys, *Irvine Welsh*
P4588. Les Messieurs, *Claire Castillon*
P4589. Balade avec Épicure. Voyage au cœur du bonheur authentique, *Daniel Klein*
P4590. Vivre ses désirs, vite !, *Sophie Cadalen et Bernadette Costa-Prades*
P4591. Tisser le lien. Méditations, *Yvan Amar*
P4592. Le Visage du mal, *Sarah Hilary*
P4593. Là où vont les morts, *Liam McIlvanney*
P4594. Paris fantastique, *Rodolphe Trouilleux*
P4595. Friedkin Connection. Les Mémoires d'un cinéaste de légende, *William Friedkin*
P4596. L'Attentat de Sarajevo, *Georges Perec*
P4597. Le Passager de la nuit, *Maurice Pons*
P4598. La Grande Forêt, *Robert Penn Warren*
P4599. Comme deux sœurs, *Rachel Shalita*
P4600. Les Bottes suédoises, *Henning Mankell*
P4601. Le Démonologue, *Andrew Pyper*
P4602. L'Empoisonneuse d'Istanbul, *Petros Markaris*
P4603. La vie que j'ai choisie, *Wilfred Thesiger*
P4604. Purity, *Jonathan Franzen*
P4605. L'enfant qui mesurait le monde, *Metin Arditi*
P4606. Embrouille en Corse, *Peter Mayle*
P4607. Je vous emmène, *Joyce Carol Oates*
P4608. La Fabrique du monstre, *Philippe Pujol*
P4609. Le Tour du monde en 72 jours, *Nellie Bly*
P4610. Les Vents barbares, *Philippe Chlous*
P4611. Tous les démons sont ici, *Craig Johnson*
P4612. Tant que les arbres s'enracineront dans la terre *suivi de* Congo, *Alain Mabanckou*
P4613. Les Transparents, *Ondjaki*
P4614. Des femmes qui dansent sous les bombes, *Céline Lapertot*
P4615. Les Pêcheurs, *Chigozie Obioma*
P4616. Lagos Lady, *Leye Adenle*
P4617. L'Affaire des coupeurs de têtes, *Moussa Konaté*
P4618. La Fiancée massaï, *Richard Crompton*
P4619. Bêtes sans patrie, *Uzodinma Iweala*